Deutschland und Polen teilen eine lange Grenze und eine ebenso lange Geschichte. Und dennoch kennen wir von unserem Nachbarland fast nur die Witze, die wir uns über seine Bewohner erzählen. Aber wie nehmen umgekehrt die Polen uns Deutsche wahr? Im «Club der polnischen Versager» setzen sich Adam Gusowski und Piotr Mordel seit über zehn Jahren mit dem schwierigen Verhältnis beider Völker auseinander. Nun ziehen sie Bilanz und präsentieren eine kunterbunte Mischung aus Erlebtem und Erdachtem, Historischem und Ethnologischem; in deutscher Sprache und mit polnischem Humor, garniert mit aktuellen oder vergessenen, globalen oder banalen Fragen: Warum sind deutsche Katzen in Polen so beliebt wie polnische Handwerker in Deutschland? Wieso schickte Hitler keine Sachsen an die Ostfront? Und weshalb ist Reinhold Messner in Polen so populär? Mögen polnische Karpfen Literatur? Sind Deutsche geizig? Was haben deutsche und polnische Küche gemeinsam?

Adam Gusowski und *Piotr Mordel* sind Autoren, Filmemacher und Schauspieler. Seit 2001 betreiben sie in Berlin den «Club der polnischen Versager», in dem deutsch-polnische Kulturveranstaltungen stattfinden. Mit ihrer «Leutnant-Show» stehen sie bundesweit auf der Bühne und kommentieren ebenso bissig wie selbstironisch das Verhältnis zwischen Deutschland und Polen. Darüber hinaus haben sie eine eigene Kolumne in der TV-Sendung «Kowalski trifft Schmidt» (rbb) und machen seit über zehn Jahren das Satiremagazin «Gaulojzes Golana» im Radioprogramm des WDR und des rbb.

Adam Gusowski Piotr Mordel

mit Thomas Mahler

Der Club der polnischen Versager

Rowohlt Taschenbuch Verlag

Originalausgabe

Veröffentlicht im Rowohlt Taschenbuch Verlag,
Reinbek bei Hamburg, Dezember 2012

Umschlaggestaltung ZERO Werbeagentur, München
(Foto: Darek Gontarski)
Innengestaltung Simon Methner
Satz aus der Scala (InDesign)
Gesamtherstellung CPI – Clausen & Bosse, Leck
Printed in Germany
ISBN 978 3 499 62985 3

Inhalt

Vorwort

Es ist heute schwer zu sagen, wie alles angefangen hat. Sicher ist nur: Es war Ende der Neunziger, und es war in Berlin. Wir trafen uns aus verschiedenen Gründen, sagen wir Langeweile, Ehrgeiz oder Dummheit, an verschiedenen Orten der Stadt. Wir wollten unserem tristen Alltag etwas Märchenhaftes hinzufügen. Eben ein bisschen Kultur. Aus Spaß nannten wir uns Versager. Manchmal fühlten wir uns jedoch wirklich so. Denn auf der Suche nach Freiheit und Wohlstand waren wir aus Polen geflohen, aber dann hatte sich die Grenze geöffnet, und plötzlich gab es auch in Polen Freiheit und Wohlstand. In Deutschland hatten wir schlechtbezahlte Jobs, und in Polen wunderte man sich, dass wir nicht im Mercedes vorfuhren und als reiche Onkel überall Geschenke verteilten. Wir spürten den Erfolgsdruck aus beiden Richtungen.

Also mieteten wir uns als Zufluchtsort ein Ladengeschäft in Berlin und nannten uns *Club der polnischen Versager e.V.* Wir wollten das deutsch-polnische Verhältnis entabsurdisieren. Darum geht es auch in diesem Buch: Um Wodka, Wahnsinn und um die Zukunft Europas. Um die deutsch-polnische Beziehung. Muss man sich erst noch kennenlernen, oder kann man sich schon nicht mehr sehen? Kann daraus irgendwann eine Liebe werden?

Oder nur eine kriselnde Ehe kurz vor der Scheidung? Was ist mit der Völkerverständigung? Es geht also um wichtige Fragen. Und um unsere Frisuren.

Manchmal erzählt Adam, dann wieder Piotr und manchmal wir beide gemeinsam.

ADAM Weil Piotr zu faul ist.

PIOTR Nein, weil Adam sonst zu viel erzählt!

Vielleicht. Entscheiden Sie selbst.

Übrigens, wenn wir immer wieder von *den Deutschen* oder *den Polen* sprechen: Wir meinen es nicht so. Wir finden, in jedem Deutschen schlummert ein polnischer Versager. Wieso fährt man sonst hundertfünfzig Kilometer über die Grenze, nur um die Wurzelbehandlung ein bisschen schmerzhafter und günstiger zu bekommen?

Und für die Polen gilt: Wir werden sowieso immer deutscher.

Piotr beantragt Asyl, und Adam findet seinen Schäferhund

PIOTR Im Jahr 1988 wollte meine Frau, nennen wir sie Wanda, unbedingt eine deutsche Katze haben. Man hatte ihr in Polen erzählt, deutsche Katzen seien so ordentlich, dass sie nicht nur das Katzenklo sauber machen, sondern auch gleich den Abwasch und das Fensterputzen übernehmen.

«Piotr, wir wandern nach Deutschland aus», sagte Wanda mehrmals am Tag, «und dann beantragen wir Asyl und kaufen uns so eine Katze!»

Ich wollte eigentlich keine Katze haben. Aber die Idee klang praktisch, deshalb war ich gleich davon begeistert. Hinzu kam, dass wir ein fünfjähriges Kind hatten, Geld brauchten und im Land ohnehin Aufbruchsstimmung herrschte. Alle wollten weg, weil es kaum Perspektiven gab. Man konnte den Kommunismus überall knirschen hören und wollte es lieber noch rechtzeitig rausschaffen, als unter den Trümmern begraben zu werden. Es fand ein massenhafter Exodus Richtung Westen statt.

Die polnische Regierung schien das nicht zu kümmern. Entweder war sie froh, mögliche Störenfriede loszuwerden, oder sie hatte einfach die Kontrolle verloren und längst größere Sorgen am Hals, wie zum Beispiel dem großen Bruder Russland beizubringen, dass niemand mehr Lust hatte, bei ihm Urlaub zu machen. Die polnischen Träume handelten nicht mehr vom Osten, sondern fast nur noch vom Westen.

Die Deutschen hatten bereits spezielle Auffanglager für die vom Sozialismus kontaminierten Polen eingerichtet. Das war ihnen derart schnell und effizient gelungen, dass viele Polen die Lager mit einem mulmigen Gefühl betraten. Ihre Befürchtungen schienen sich fast zu bestätigen, als in den großen, fensterlosen Gemeinschaftswaschräumen kein Wasser aus den Duschköpfen kam. Später stellte sich heraus, dass das Wasser nur zwei Stunden am Tag angestellt war.

Von unserer Heimatstadt Lublin fuhren wir drei zunächst mit dem Zug nach Breslau, dann nahmen wir einen Bus bis zur letzten Station vor der Grenze. Die hellgraue Klapperkiste war rappelvoll. Irgendwann hielt sie in einem kleinen Dorf vor einem alten Restaurant. Der Besitzer stand mit einer Schürze vor der Tür und sah dabei zu, wie sich zwei Meter weiter der erste Bus des Tages entleerte. Er zuckte traurig mit den Schultern. Niemand war wegen seinem traditionellen polnischen Bigos ausgestiegen. Die dreißig oder vierzig Polen machten sich stattdessen auf den Weg zur Grenze. Es war ein Fußmarsch von zehn Kilometern und dann noch eine halbe Stunde mit dem Zug durch die DDR.

Ich hatte mich oft mit anderen über das Ausreisen unterhalten, das war in Polen fast das wichtigste Gesprächsthema. Die meisten wollten wegen der wirtschaftlichen Lage weg. Andere hatten einfach genug von der kommunistischen Propaganda. Ein Bekannter von mir hatte bloß seine Freundin geschwängert, ohne mit ihr verheiratet zu sein. Im prüden Polen war das beiden so peinlich, dass für sie nur noch die Flucht außer Landes in Frage kam.

Es gab außerdem unterschiedliche Meinungen, welche Ausreisetaktik die beste war.

«Du musst über Australien fahren!», sagten einige.

«Du musst dich in Deutschland als politisch Verfolgter darstellen», meinten andere.

Klar war nur, dass man sich nicht erwischen lassen durfte. Also fanden diese Gespräche an Orten statt, wo die Staatspolizei nicht besonders oft hinging. Zum Beispiel im Theater. Vor ein paar Wochen hatte ich in einem Stück von Sławomir Mrożek gesessen, «Die Emigranten». Plötzlich war mir aufgefallen: Das ganze Publikum bestand aus Menschen, von denen ich wusste, dass sie emigrieren wollten. Es war bizarr. Wahrscheinlich hätte selbst die Staatspolizei nicht für möglich gehalten, dass es so einfach gewesen wäre, potenzielle Republikflüchtlinge zu finden. Sie hätte sich mit ein paar Männern am Ausgang postieren und alle Zuschauer verhaften können.

Unterwegs Richtung Grenze, dachte ich an die «Salamibrote» in meiner Tasche. «Salami» war in Polen eine der beliebtesten Hartkäsesorten. Vielleicht sollte der Name den Polen darüber hinweghelfen, dass man echte Salami nicht im Geschäft, sondern nur noch in der Literatur finden konnte. Ich fragte mich, wie lange wir mit den Broten überleben würden. Wahrscheinlich nicht besonders lange, selbst wenn wir sie uns in viele kleine Bissen einteilten. Ich war voller Vorfreude wie ein Kind und machte mich gleichzeitig auf das Schlimmste gefasst.

Doch wir passierten die Grenze ohne Probleme. Wir mussten nur einmal kurz unsere Pässe vorzeigen und wurden dann durchgewinkt. Der polnische Grenzbeamte machte ein Gesicht wie ein genervter Erwachsener, der die schreienden Kinder endlich los ist. Auf der anderen Seite war eine ordentliche Empfangsstelle eingerichtet, wo wir in einwandfreiem Polnisch begrüßt wurden.

«Dzień dobry! Proszę usiąść!» («Guten Morgen! Nehmen Sie Platz!»)

Allerdings nicht von einem Deutschen, sondern von einem schwarzen Amerikaner. Er gab sich sofort als CIA-Agent zu erkennen.

«Ich darf Sie beglückwünschen: Sie leben ab jetzt in der freien Welt!» Der Mann strahlte über das ganze Gesicht.

Theoretisch bestand seine Aufgabe darin, nachrichtendienstlich relevante Informationen aus den Polen herauszupressen. Er hatte sich aber daran gewöhnt, dass es mehr darum ging, sie in ihrem Mitteilungsbedürfnis zu bremsen. Der Wille, um jeden Preis im Westen zu bleiben, beflügelte die Phantasien der Verhörten, als hätte man sie unter erstklassige Drogen gesetzt. Ein hagerer junger Mann erzählte von «vier Panzersoldaten», die ihn mit einem «genial abgerichteten Hund» verfolgt hätten, der den Klassenfeind auf zehn Meter Entfernung riechen könne; eine junge Frau von einem «Atom-U-Boot in der Weichsel und gefährlichen Sprengköpfen entlang der Oder»; ein älterer Mann behauptete, polnische Chemiker seien mit der Entwicklung einer hochwirksamen Lösung beschäftigt, mit welcher sich das bösartige Coca-Cola-Gebräu in großen Mengen ungenießbar machen ließ. Andere berichteten, der Palast der Kultur in Warschau sei in Wirklichkeit eine Abschussrampe für eine überdimensionale Rakete, die drohend auf Washington oder Hollywood ausgerichtet sei.

«Weshalb sind Sie hier?», fragte der Amerikaner.

«Wegen dem Kopierer in meinem Keller», antwortete ich.

«Das müssen Sie erklären.»

Aus Angst vor der Vervielfältigung antikommunistischer Schriften war der Besitz eines Kopiergeräts in Polen verboten und konnte mit langen Gefängnisstrafen geahndet werden. Die Verbreitung von Informationen unterlag strengen Auflagen, sogar für eine einzige Schwarzweißkopie in einem offiziellen Kopiergeschäft war eine staatliche Genehmigung erforderlich. Genehmigte Dokumente erhielten den Stempel: *Zum Kopieren freigegeben.* Aber selbst mit einer solchen Genehmigung konnte es noch passieren, dass der Inhaber des Geschäfts die Herausgabe der Kopie aus purer Paranoia verweigerte. Hinter den dichten Schnurrbärten der Polen wohnte die nackte Angst.

«Mein Kopierer ist eine Propagandastütze der Solidarność-Bewegung», behauptete ich. «Wir sind politische Flüchtlinge. Wenn der polnische Geheimdienst den Kopierer findet, dann wird der nicht nur konfisziert. Dann belichten die damit auch meinen Kopf. Und zwar nachdem sie ihn abgesägt haben.»

Irgendwo hatte ich gehört, grausame Details könnten bei einem Asylantrag eine entscheidende Wirkung entfalten. Ich nahm Wanda bei der Hand, wir nickten beide. Dann bemühte ich mich, traumatisiert und verfolgt an die Decke zu blicken.

Der CIA-Agent lachte. Irgendwo an einer Stelle in seinem dicken Ordner machte er zwei kleine Kreuze.

Drei Monate verbrachte unsere 2+1-Familie im Auffanglager.

Die Insassen mussten sich erkennungsdienstlich behandeln lassen, das heißt: Fotos und Fingerabdrücke abliefern, außerdem Aids- und Tuberkulosetests machen. Alles wurde auf einem «Laufzettel» erfasst. Die ganze Prozedur war zwar mühsam und demütigend, aber auch eine willkommene Beschäftigung. Ich kam mir vor wie in einem der spannenden Videospiele, von denen man mir erzählt hatte. Wenn ich alle Level schaffte, würde am Ende als Belohnung die deutsche Sozialhilfe warten.

Dann kam die erste gute Nachricht: Die Flucht konnte weitergehen. Zwar nicht so dramatisch wie auf einem überfüllten Boot nachts im Mittelmeer und auch nicht so anstrengend wie bei einem Fußmarsch durch eine Wüste beim Hindukusch. Nein, bequem mit dem Flugzeug. Ziel der Reise sollte ein Asylbewerberheim in Bad Sachsa sein. Das liegt im Harz. Ich hatte noch nie davon gehört.

«Dort werdet ihr erst mal stillgelegt», erklärte der CIA-Mann. «So lange, bis der Asylantrag bewilligt ist. Oder abgelehnt. Je nachdem. Manche warten schon Jahre auf die Anerkennung. Die werden da noch ihren achtzigsten Geburtstag feiern.»

Er lächelte. Ich auch. Das hatte ich in Polen so gelernt. Wenn man polnische Beamte freundlich und unterwürfig anlachte, dann taten sie einem nichts. So wollte ich es auch mit den Amerikanern und Deutschen machen.

Bad Sachsa war ein herrliches Städtchen mit vielfältigen Freizeitangeboten. Ich konnte im Kurpark spazieren oder das Freibad besuchen. Viel mehr aber auch nicht. Ach ja, ich konnte natürlich auch noch im Supermarkt die große Auswahl bestaunen. Das tat ich am liebsten. Am erstaunlichsten fand ich den Marajucasaft aus dem Tetrapak. Maracujasaft! In Polen hätte ich es nicht für möglich gehalten, dass so eine Frucht überhaupt existierte. Und die

Deutschen kamen mir genauso neu und glatt vor wie die glänzende Oberfläche der Tetrapaks. Alle trugen sie nagelneue Klamotten und fuhren in blankpolierten Autos auf ebenso blankgeputzten Straßen herum.

Ich traute mich nicht, den Koffer auszupacken. Es konnte ja sein, dass man uns von einem Moment auf den anderen nach Polen zurückschickte. Jeden Tag ging ich in den Kurpark, saß manchmal stundenlang auf derselben Bank und fühlte mich trotzdem gespannt wie eine kleine Patrone im Lauf einer Pistole. Eine Bewegung mit einem Finger genügte, und man würde mich irgendwohin katapultieren.

Die ersten sozialen Kontakte in Bad Sachsa waren schnell geknüpft. Natürlich nicht zu den Deutschen. Die bestaunten mich entweder aus einem Sicherheitsabstand von mindestens fünf Metern wie ein exotisches Tier oder schüttelten missmutig mit dem Kopf, wenn sie mich von weitem aus dem Heim kommen sahen. Mit meinen hellblauen polnischen Jeans und der wuscheligen Frisur sah ich wahrscheinlich wirklich ein bisschen komisch aus. Wie ein Zeitreisender aus den Sechzigern. Und meine rote Krakauer Mütze mit der Pfauenfeder machte es auch nicht besser.

Dafür lernten wir alle Asylbewerber im Ort kennen. Es gab eine 2+1-Familie aus der Tschechoslowakei und zwei größere Familien aus der Türkei und dem Libanon. Einen einsamen Iraner, der schon seit über fünf Jahren auf ein Asylverfahren wartete und deshalb angefangen hatte, Psychopharmaka zu schlucken. Eine ältere, entfernt italienisch oder griechisch aussehende Frau, die auf keinen Fall sagen wollte, woher sie kam, und überhaupt mit niemandem sprach. Einen Marokkaner mit langen Haaren, der behauptete, er könne seine Asylbescheinigung problemlos in ein paar Minuten fälschen, aber dazu sei er zu stolz. Schließlich eine Polin mit Tochter und einem Pfand-Ehemann in Danzig. Er sollte eine Rückkehrgarantie sein – die Staatspolizei konnte sich nicht vorstellen, dass die Frau ihren «lieben polnischen Ehemann» einfach so verlassen würde. In Bad Sachsa nannte sie ihn allerdings nur «den Lahmarsch». Zurück nach Polen wollte sie auf keinen Fall.

Die Asylbewerber boten sich gegenseitig Zerstreuung und waren gleichzeitig eine politische Interessengruppe. Das Hauptinteresse bestand darin, möglichst viele Gerüchte über laufende Asylverfahren anderer Asylbewerber zu sammeln und zu verbreiten. Das häufigste Gerücht war: «Dauert noch lange.» Oder: «Dauert noch richtig lange.» Außerdem wurden Theorien aufgestellt, welche Nation von den Deutschen bevorzugt behandelt werde. Viele waren der Meinung, es seien die Polen, da sie den Deutschen immer noch am ähnlichsten sahen.

«Ihr seht doch genauso aus wie die Deutschen, nur dass eure Männer schlanker sind und eure Frauen so runde Gesichter haben», sagte der Iraner.

«Ihr riecht genauso nach Sauerkraut wie die Deutschen», sagte ein Türke.

«Irgendwie glaube ich immer noch, dass du ein deutscher Spitzel von der Ausländerbehörde bist», sagte der Marokkaner.

Andere behaupteten, es würden vor allem die Afrikaner bevorzugt, weil die Deutschen an ihnen zeigen wollten, wie menschenfreundlich sie waren.

Für alle Asylbewerber galt eine detaillierte Liste mit Verboten. Sie durften sich nur im Umkreis von genau dreißig Kilometern bewegen und bekamen dies sogar auf einer Landkarte aufgezeichnet. Die ihnen zugewiesenen Gutscheine für Bettwäsche und Gardinen durften sie nicht weiterverkaufen. Und: Einem Asylbewerber war es verboten, sich ein Haustier zu halten. Weder Hund, Katze, Meerschweinchen noch Hamster waren erlaubt.

Dass Asylbewerber keine Kampfhunde haben durften, das hätte ich ja noch verstehen können, aber keine Meerschweinchen? Hatte man Angst vor dem Schmutz? Oder wusste man nicht, in welches Land man ein Meerschweinchen wieder ausweisen sollte? Ich bekam plötzlich Lust auf ein verbotenes Haustier. Obwohl ich mich nie besonders für Katzen interessiert hatte, konnte ich plötzlich tagelang an nichts anderes mehr denken als an die deutsche Katze. Wie sie an meinen Beinen entlangstreichen würde. Wie ich ihr Futter hinstellte. Wie sie mit ihren Schnurrhaaren den Staub aus den Zimmerecken fegte und aufräumte ...

Das Warten und das Aufkochen der vielen Gerüchte machten meine Gedanken matschig. Es war kein Ende in Sicht. Zeitweise kam es mir sogar vor, als leide ich unter Halluzinationen. Ich sah den Fotokopierer in meinem Zimmer und wie meine Ausreisepapiere aus dem Fenster wehten. Ich spürte, wie eine Kopie meiner selbst mich an den Beinen festhielt, um mich an der Ausreise zu hindern.

«Du musst versuchen, die Wahnvorstellungen zu genießen», riet mir der Iraner, «dann glaubst du, du bist bewilligt oder wenigstens wieder zu Hause. Halluzinationen sind das Beste, was du hier kriegen kannst.»

Ab und zu wurde einer der Asylsuchenden nach Osterode, die nächstgrößere Stadt, beordert. Dann spekulierten die anderen ausgiebig. War sein Asylantrag etwa durchgekommen? Mit Hilfe von welcher Gaunerei hatte er das geschafft? Und was taten wir dann? Bedeutete das auch mehr Hoffnung für den Rest von uns? Oder weniger? Uns alle peinigte eine Mischung aus Neid und Freude für den anderen.

Die Polin mit dem Pfand-Ehemann wurde als Erste eingeladen.

«Was hat sie, was ich nicht habe?», rief der Iraner und warf sich eine Tablette in den Mund.

Fünf Monate später war die libanesische Familie bewilligt, doch der Iraner wartete immer noch. Nachts konnte er nicht schlafen und schlich, die Worte «Asyl» und «Dachschaden» murmelnd, auf den Fluren umher. Dann, einen weiteren Monat später, kam für ihn die Hiobsbotschaft: Wanda, unser Sohn und ich waren als Nächstes dran. Wir hatten die bürokratische Hürde übersprungen: Von Asylbewerbern wurden wir zu Asylberechtigten.

«Was habt ihr, was ich nicht habe?», fragte der Iraner, warf die Hände in die Luft, gratulierte dann aber herzlich. «Jetzt könnt ihr aus diesem Loch verschwinden und euch eure Katze kaufen», rief er.

Wir entschieden uns für ein Meerschweinchen und für Berlin.

Warum Berlin? Dort wohnten schließlich schon über hunderttausend Polen. Wir waren also nicht die einzigen. Bestimmt war irgendwo ein Bekannter dabei. Seit wir Polen verlassen hatten, fühlten wir uns außerdem irgendwie halb oder auf eine seltsame Weise innerlich geteilt. Da kam Berlin ja gerade recht.

«Berlin, Berlin», sangen Wanda und ich im Kanon, «wir fahren nach Berlin.»

ADAM Das Erste, was ich von Deutschland sah, war der Zaun an der Grenze. Der Zaun war außerordentlich hoch. Er bestand aus Stacheldraht, Ziegelsteinen und womöglich auch aus Beton.

Ich fühlte mich an die Einfahrt in eine undurchdringliche Festung erinnert. Ein trügerisches Gefühl von Sicherheit durchströmte mich. So einen Zaun, dachte ich, den gibt es in ganz Polen nicht. Später sollte ich sehr lange brauchen, um den Fall der Berliner Mauer zu begreifen. Denn wie kann eine deutsche Mauer umfallen?

Es war das Jahr 1988. Ich fuhr mit meinem Vater und meiner Mutter die Transitstrecke von Stettin nach Westberlin. Wir saßen in einem *Polski Fiat 125* in der Luxusausführung. Das bedeutet: Die Sicherheitsgurte mussten nicht jedes Mal wieder von Hand in die Halterung zurückgeschoben werden, sie rollten sich automatisch ein. Zu mehr Sicherheit führte dies allerdings nicht, denn viele Fahrgäste wollten diesen Luxus nicht nur am Anfang und Ende der Fahrt genießen, sondern schnallten sich auch während der Fahrt mehrmals ab und sahen dem Gurt staunend beim Einrollen zu.

Langsam rumpelte der Polski Fiat die Straße entlang. Die Stimmung im Auto war angespannt. Keine Spur von touristischem Enthusiasmus. Wir fuhren nicht in den Urlaub, sondern durch das feindliche Territorium des sozialistischen Freundes DDR. Die Grenze von Polen zur DDR hatten wir problemlos als Urlauber passiert, aber nun fürchteten wir uns vor der DDR-Grenzkontrolle nach Westberlin. In Polen war diese Kontrolle legendär. Man erzählte sich, dass die Grenzsoldaten der DDR ehemalige Nazis waren und sie die Polen aus rassistischer Überzeugung schikanierten.

Bis zur Grenze redete unsere kleine Familie im Auto fast gar nicht. Meine Mutter rief nur ab und zu «Mein Gott!» vor sich hin, worauf weder ich noch mein Vater antworteten. Wir fühlten uns nicht angesprochen.

Mein Vater sah die meiste Zeit aus dem Fenster, knirschte mit den Zähnen und strich mit zwei Fingern über seinen eingebildeten Lech-Wałęsa-Bart. Ich dachte an meine neue Zukunft und lauschte auf das charakteristische blecherne Röcheln, welches das Luxusauto bei jeder Unebenheit von sich gab.

Auch ich hatte eine Menge Gerüchte über die Ausreise und das Leben im Westen gehört. Zum Beispiel, dass man sich im Kapitalismus unter dem Wort «Freundschaft» nichts vorstellen könne, denn dort gebe es keine Beziehungen von Mensch zu Mensch, sondern nur von Mensch zu Ware. Außerdem hieß es, wer in Deutschland zwei- oder dreimal in der Woche arbeitete und ansonsten faul auf dem Sofa lag, könne sich locker zwei oder drei Mercedes-Benz leisten. Die lasse er dann von einer polnischen Putzfrau mehrmals am Tag polieren. Um allerdings in den Westen ausreisen zu dürfen, müsse man erst sein gesamtes Hab und Gut verkaufen, wussten einige zu berichten. Andere behaupteten, wer einmal ausgereist sei, dürfe nie wieder einreisen, oder er werde sofort verhaftet. Egal, ob er es überhaupt über die Grenze geschafft hatte. Deswegen sei für die gescheiterten Flüchtlinge extra ein besonders massiver Bunker im Niemandsland zwischen den Grenzen aufgebaut worden, wo sie nun ihr Dasein fristen mussten.

In der polnischen Gerüchteküche wurde ein großer, ungenießbarer Brei gekocht, und niemand konnte überprüfen, was darin echt und nahrhaft war und was nur heiße Brühe. Auch ich wusste nicht, was ich davon glauben sollte. Ich stellte mir vor, wie man uns kurz vor Westberlin abfangen und weder in die BRD noch in die DDR lassen würde. Dass ich mein restliches Leben in einem kleinen Bunker zwischen Beton und Stacheldraht verbringen müsste.

Nicht einmal meinen besten Freunden hatte ich in der Schule von der geplanten Ausreise erzählen dürfen. Die Gefahr war zu groß. Irgendwer sagte es immer weiter. Und dann dauerte es nicht mehr lange, bis auch eine öffentliche Stelle Wind von der Sache bekam und die Ausreisewilligen mit allen Mitteln schikanierte. So hatte ich einfach nur «Tschüs bis morgen» gesagt, als sei es ein Tag wie jeder andere. Ich winkte meinen Klassenkameraden zu und lief dann schnell nach Hause. Abends packte ich meine Sachen.

Auch bei meinen Eltern hatte die höchste Geheimhaltungsstufe gegolten. Vor allem beim Deutschlernen. Beide waren zwar zum gleichen Privatlehrer gegangen, aber immer getrennt und zu jeweils verschiedenen Wochentagen. Ohne sich als Ehepaar zu erkennen zu geben. Dass ein junges Ehepaar gemeinsam Deutsch lernte, hätte sie sofort enttarnt.

Ursprünglich hatten sie nicht einmal mir etwas von den Plänen erzählen wollen, weil sie befürchteten, ich könne etwas ausplaudern. Nach einer «nächtlichen Spazierfahrt» sollte ich plötzlich in Westberlin aufwachen. «Hallo Deutschland! Überraschung!» Aber dann schien ihnen das übertrieben. Sie wollten mich diesmal ausnahmsweise nicht traumatisieren.

Zwei uniformierte Grenzbeamte hielten das Auto an. Ohne jemanden im Wagen zu begrüßen, bellten sie: «Raus! Alle aus dem Wagen! Schnell!»

Ich hatte noch nicht viele leibhaftige Deutsche gesehen, aber aus unzähligen Kriegsfilmen war mir sofort klar: So mussten die Nazis ausgesehen und geredet haben. Die Sprache kam mir so hart und abgehackt vor wie die Bewegungen der Uniformierten.

«Alle Sachen auf den Tisch! Koffer! Taschen! Rucksäcke!»

So viele Ausrufezeichen in einem Satz war ich nicht gewohnt. Auf der Stirn meines Vaters bildeten sich Schweißtropfen. Bei sechsundzwanzig Tropfen hörte ich auf zu zählen. Ich betrachtete die Uniform der Beamten und dachte an den Geruch von frischer Bettwäsche. Wie wohl so ein deutsches Leben aussah, in dem angeblich alles sorgfältig geplant und abgewogen wurde? Und wie lange im Voraus planten die Deutschen? Dreißig Jahre? Dreihundert Jahre?

Mir fiel ein, dass wir keinen genauen Plan hatten. Wir waren mit unserem Fiat einfach ins kalte Wasser hineingefahren. Was wir tun sollten, falls während der Reise etwas schiefging, das wussten wir nicht. Irgendwie würde es schon klappen. Irgendetwas würde sich ergeben. Im Notfall konnten wir immer noch «Achtung, da kommt ein Bär!» oder «Vorsicht, ein sowjetischer Hubschrauber!» schreien und in verschiedene Richtungen weglaufen. Aber wahrscheinlich würde das nicht besonders gut funktionieren. Ich schwor mir, dass ich auch mehr im Voraus planen würde, falls wir hier wieder herauskamen. Wenn wir erst einmal in Deutschland waren, dann würde ich alles ganz ordentlich machen.

Vor allem aber dachte ich an die lebensnotwendigen Papiere, die in einem Paket mit blauer Bettwäsche versteckt waren, das im Kofferraum lag. Die Bettwäsche war als Geschenk getarnt.

Diese vergilbten, gestempelten Papiere waren jetzt unsere einzige Hoffnung. Nur mit ihnen konnte die Reise zur Ausreise werden. Jahrelang hatten sie unbeachtet im Keller von meinem Opa gelegen. Als Kind hatte ich sie fröhlich als Malheft benutzt und darin herumgekritzelt. Bis sich mein Opa an sie erinnerte; es handelte sich nämlich um sein altes Soldatenbuch. Er war im Krieg in deutsche Gefangenschaft geraten und hatte ihr nur dadurch entfliehen können, dass er in die deutsche Wehrmacht eintrat. Und weil Wehrmachtsangehörige, solange sie nicht in der Waffen-SS gewesen waren, auch heute noch automatisch die deutsche Staatsangehörigkeit besitzen, waren aus dem Opa, seinem Sohn und mir, dem Enkel, durch das Malheft plötzlich Deutsche geworden.

«Da habe ich ja doch einen echten Deutschen Schäferhund im Keller!», hatte Opa geschmunzelt.

Das sagte man in Polen scherzhaft zu jemandem, der sich um jeden Preis zu einem deutschen Aussiedler machen wollte und dafür jede noch so abwegige Verbindung zu Deutschland ausschlachtete. Dabei war der Deutsche Schäferhund noch die harmloseste Variante, jemanden zum Deutschen zu machen. Manche sagten auch: «So wie du hier alle rumkommandierst, kannst du ja nur ein Deutscher sein.» Oder: «Du bist ganz sicher ein Deutscher, du hast ja überhaupt kein Mitgefühl.»

Der Schäferhund lag jetzt zwischen den Bettlaken, und wir zitterten innerlich. Wenn die Grenzbeamten die Papiere entdeckten, dann würden sie natürlich sofort schlussfolgern, dass unsere Familie nicht nur für ein paar Tage oder Wochen nach Westberlin einreisen wollte. Sondern für immer. Das würde ihnen nicht gefallen.

«Los! Wieder einpacken! Einsteigen!», riefen die Uniformierten, ließen das Auto aber noch nicht passieren.

Sie zündeten sich Zigaretten an und umkreisten den Polski Fiat 125 mehrmals mit misstrauischen Blicken, wobei sie ab und zu den Kofferraum öffneten und mit einem lauten Knall wieder zuschlugen. Meine Mutter rief jedes Mal: «Mein Gott, der Polski geht davon kaputt!», traute sich aber nicht, den Grenzbeamten ins Gesicht zu sehen. Ein Beamter mit besonders fiesen Gesichtszügen beugte sich nah an mich heran und pustete Rauch gegen die Scheibe. Ich zuckte zurück. Dann schloss ich die Augen. Mein Vater strich sich über den Bart, den er nicht hatte. Aber das war ihm jetzt auch egal.

Nach einer Stunde war das Martyrium vorbei. Der Polski konnte weiterfahren und die wertvollen Papiere auch.

In der «Deutschen Dienststelle für die Benachrichtigung der nächsten Angehörigen von Gefallenen der ehemaligen deutschen Wehrmacht», einem legendären, riesigen und unübersichtlichen Gebäude in Berlin-Reinickendorf, konnte die Authentizität des Soldatenbuchs zweifelsfrei festgestellt werden. Ein blauer Stempel knallte auf einen Amtstisch nieder. Damit waren meine Eltern und ich zu Aussiedlern geworden. Wir gehörten jetzt zur Oberklasse der polnischen Flüchtlinge und standen weit über den anderen Polen, die es nur bis zu Asylberechtigten gebracht hatten.

Vorläufig wurden wir in einem ehemaligen Krankenhaus in Berlin-Wannsee untergebracht. Mein Vater saß in

Badelatschen auf dem Balkon und konnte auf die prachtvollen Villen heruntergucken. Manchmal grillte eine der reichen Familien auf dem Dach. Das Auflegen des Fleischs wurde dabei von einem Kellner mit weißer Schürze übernommen. Die reiche Familie stand gelangweilt daneben und sah missmutig zu meinem Vater hinauf. Er prostete ihr scherzhaft zu, aber sie winkte nicht zurück. Wahrscheinlich ärgerte es sie, dass sie trotz all ihrem Geld keine schönere Aussicht und kein schöneres Wetter als die Aussiedler bekommen hatten. Lieber vom Asylantenheim auf eine Villa gucken, dachte ich, als von der Villa auf das hässliche Asylantenheim.

Gespannt warteten meine Eltern und ich auf den Termin beim Berliner Senat, wo uns die offizielle Staatsangehörigkeitsurkunde überreicht werden sollte. Als es so weit war, kämmte ich mir die Haare und polierte minutenlang meine Schuhe. Meine Mutter ermahnte mich, bei der Übergabe der Urkunde auf keinen Fall die Hände in den Hosentaschen zu lassen. Sie hatte die besten Hemden hervorgesucht und zupfte den Anzug meines Vaters immer wieder zurecht. Sich selbst hatte sie sogar ein neues Kleid gekauft, und sie war auch noch zu einer kroatischen Friseurin gegangen. Eine neue Staatsangehörigkeit bekam man schließlich nicht jeden Tag.

Die Feier war jedoch alles andere als pompös.

Wir kamen in ein schlichtes Westberliner Büro. Darin saß eine Vorzimmerdame hinter einem hellgrauen Schreibtisch und rauchte.

«Wir wollen zur Einbürgerungsfeier», sagte mein Vater und streckte die Brust heraus.

«Feier?» Die Vorzimmerdame steckte ihre Zigarette in den Aschenbecher vor ihr und sah uns verständnislos an. «Wollen Sie auch noch ’nen Orden bekommen oder was?»

«Also wir», stotterte meine Mutter, «wir freuen uns einfach so.»

«Hier vorn ’ma bitte unterschreiben.» Die Vorzimmerdame hielt uns einen Zettel unter die Nase. «Und da vorn ’ma kurz stillhalten, da machen wir nämlich ein Foto.»

Wir blickten in die Linse, und es blitzte dreimal. Schon war der deutsche Ausweis da. Kein Staatsakt, keine Fanfaren und kein roter Teppich.

«Danke. Das war’s», sagte die Vorzimmerdame. «Und jetzt verschwindet.» Okay, das hat sie dann doch nicht gesagt. Aber unsere Enttäuschung war groß. Schade um das neue Kleid.

Nun waren wir also Deutsche, auch wenn wir uns nicht so fühlten. Mit meinem deutschen Ausweis konnte ich legal und ohne zusätzliche Formalitäten Bücher ausleihen und ein Konto eröffnen. Oder Sperrmüll bei der offiziellen Entsorgungsstelle abladen. Unmittelbaren Kontakt mit unseren neuen Landsleuten in der Nachbarschaft hatten wir jedoch weiterhin nicht. Dazu ähnelte das ehemalige Krankenhaus zu sehr einer Kaserne. Vielleicht wollten die pazifistischen Deutschen mit militärischen Gebäuden nichts mehr zu tun haben. Freigang gab es nur zum Sozialamt und zur Schule. Und die Zäune waren einfach zu hoch und stabil.

Bald wurde ein Bürgerbegehren gegen das Aussiedlerheim gestartet. Eine Gruppe von drei Rentnern baute vor dem Supermarkt einen weißen Tisch auf, an dem ein roter Schirm befestigt war, und sammelte Unterschriften. Die meisten Kunden waren jedoch zu sehr damit beschäftigt, ihre Einkaufstüten nach Hause zu tragen, und zeigten nur wenig Interesse. Außerdem waren in diesem Stadtteil ohnehin nicht besonders viele Menschen auf der Straße, denn wer in Berlin-Wannsee eine Villa besaß, der hatte meistens auch noch in fünf anderen Städten der Welt eine Villa und war deshalb nur selten zu Hause. Das Begehren scheiterte an der geringen Beteiligung.

Mein Vater konnte weiter auf dem Balkon sitzen und auf die Dächer gucken.

Polnisch lernen ist nicht schwer

ADAM Egal ob Metallteile, Müll oder Menschen: In Deutschland wird alles sortiert. Während Piotr seinen Asylantenurlaub in Bad Sachsa genoss, kam ich als Schüler eines Westberliner Gymnasiums in eine spezielle Klasse für polnische Aussiedlerkinder. Jedenfalls die ersten sechs Monate.

Man hatte mich vor den Westberliner Lehrern gewarnt. Die seien eigentlich nur aus einem Grund in Berlin: um sich vor dem Wehrdienst in der Bundesrepublik zu drücken. Das waren also auch Flüchtlinge, sagte ich mir. Genau wie ich. Deshalb fasste ich sofort Zuneigung zu den Lehrern. Aber das sollte sich bald von selbst erledigen.

Vor allem in den naturwissenschaftlichen Fächern war das deutsche Schulniveau erstaunlich niedrig. Vieles, was wir in Mathematik durchnahmen, kannte ich aus dem vorvorletzten Jahr in Polen. Obwohl das polnische System nicht gerade logisch war, quälte man die Schüler in diesem System unerbittlich mit mathematischen Aufgaben. Das schien mir wie ein Beweis, dass das ganze Rechnen keinen Sinn hatte: Die Polen waren gut darin und bekamen ihr Land trotzdem nicht in den Griff.

Mein Deutschlehrer ähnelte einer nordischen Bohnenstange. Er hatte nur spärliches Haar auf dem Kopf, aber dichte Augenbrauen. Wenn er redete, sah es aus, als würde er gleichzeitig kauen. «Die deutsche Sprache ist eure Eintrittskarte in die deutsche Gesellschaft», sagte er und lächelte uns großherzig an. «In Deutschland hat alles seine Ordnung», sagte er. Und: «Schön, dass ihr Polen jetzt hier seid.» Das sagte der Lehrer so oft, bis ich nicht mehr wusste, ob er es wirklich so schön fand.

Deutsch lernen. Das konnte doch nicht so schwer sein. In Polen hatte es geheißen, Polnisch sei mit Abstand die schwerste Sprache der Welt. Polnisch lernen sei eine Lebensaufgabe; es gebe auf der Welt eigentlich nur eine Handvoll Menschen, die das Polnische wirklich beherrschten, und die meisten von denen seien vor Intelligenz wahnsinnig geworden. Wenn Polnisch schwer war und wenn ich Polnisch bereits konnte, folgerte ich, dann musste Deutsch für mich ziemlich einfach sein. Ich fühlte mich bestätigt, als ich mitbekam, dass es im Deutschen nur vier statt wie im Polnischen sieben Fälle gibt. Doch dann erfuhr ich von den deutschen Artikeln, die man auch noch deklinieren muss. Und das war noch nicht alles.

«In der deutschen Sprache gibt es etwas ganz Besonderes», sagte der Deutschlehrer ohne falsche Bescheidenheit, «den Knacklaut.»

Während er den Knacklaut vormachte, indem er immer wieder die beiden Worte «verreisen» und «vereisen» im Wechsel aussprach, starrte ich auf seinen Adamsapfel, der wie ein ungeduldiges Tierchen auf und ab schnellte.

«Der Knacklaut heißt auch stimmloser Plosiv», sagte der Deutschlehrer.

Eine Stunde lang übte unsere polnische Aussiedlerklasse den Knacklaut. Danach tat mir der Kehlkopf weh. Knacklaut und Plosiv, das schien mir zu den hohen Mauern zu passen. Und zu den Deutschen, deren größter Spaß darin bestand, alles Mögliche in die Luft zu sprengen. Jedenfalls hatte mein Opa das immer wieder behauptet.

Aber ich war ja in den Naturwissenschaften nicht sonderlich gefordert, so konnte ich mich ganz auf das Studium der deutschen Sprache konzentrieren. Mein Elan ließ auch nicht nach, als ich in eine gemischte Klasse wechselte, obwohl ich von den Lehrern lange geschont wurde. Oder sie lasen sich meine Arbeiten gar nicht erst durch. In einem Aufsatz schrieb ich: «In seinem Text beschreibt der Auto...» Ich wollte «Autor» schreiben, vergaß aber das «r». Der Lehrer korrigierte daraufhin den bestimmten Artikel: «In seinem Text beschreibt das Auto ...» Ich stellte mir den alten Polski Fiat als Schriftsteller vor: Wahrscheinlich wären seine Bücher ziemlich weinerlich. *Ächz, stöhnte das tapfere Auto und trug seine gefühllosen Passagiere noch zwanzig weitere Kilometer, bevor es liegen blieb und nach ein paar Litern Benzin verlangte.* «Mehr Sorgfalt, Adam!», hatte der Lehrer noch an den Rand der Seite geschrieben.

Monatelang tat ich nichts anderes, als Deklinationen zu pauken und mir einzuprägen, wann im Deutschen welcher Kasus gebraucht wird. Irgendwann entwickelte ich ein freundschaftliches Verhältnis zu den Präpositionen wie *mit, gegen, für, um* oder *wegen*. Schließlich hatte ich ja schon so viel Zeit mit ihnen verbracht. Es kam mir vor, als wisse ich etwas Persönliches über sie, wenn mir einfiel: «Du stehst mit dem Dativ!» Oder: «Du dahinten gehörst zum Genitiv.»

Das Wörtchen *wie* hingegen tat mir oft leid. Zum Beispiel dann, wenn meine deutschen Klassenkameraden sagten: «Die deutschen Haarschnitte sind besser wie die polnischen.» Auch wenn ich zugeben musste, dass sie der

Sache nach nicht ganz unrecht hatten. «Vorne kurz und hinten lang» kannte ich als eine Frisur, die den meisten polnischen Männern zwischen fünfzehn und fünfundvierzig einigermaßen stand. In Westberlin war der Vokuhila aber schon seit zehn Jahren aus der Mode. Ich ließ mir von meiner Mutter die Haare schneiden und verlangte zum ersten Mal einen Mittelscheitel.

Wenn die Schule aus war, lief ich in die nächste öffentliche Bibliothek, um mir weiteres Lernmaterial auszuleihen. Die Deutschen brachten Körbe von CDs, Büchern und Videokassetten mit und schleppten Berge von Büchern, CDs und Videokassetten wieder nach Hause. Ganze Jugendgruppen hätte man damit wochenlang unterhalten und ruhigstellen können. Fassungslos stand ich mit meinen zwei dünnen Büchern, den «Neuen Leiden des jungen W.» und dem «Handbuch für den C64», vor dem Schalter. Entweder gab es in diesem Land einfach zu viele Bücher, oder die Deutschen konnten den Hals nicht voll kriegen. Vielleicht war es aber auch nur ein Beweis für den deutschen Organisationswahn. Für den Fall, dass man doch mal auf die Idee kam, eines der vielen Bücher zu lesen, wollte man unbedingt vorbereitet sein.

Obwohl ich mich so sehr mit der deutschen Sprache abmühte, gelang es mir umgekehrt nicht, das Interesse meiner Klassenkameraden auf das Polnische zu lenken. Ab und zu, aber auch nur sehr selten, kam es zwar vor, dass jemand wissen wollte, was zum Beispiel «Arschloch» oder «Muschi» oder «Hurensohn» auf Polnisch hieß, doch wenn ich Auskunft gab, erntete ich nur Stirnrunzeln. Aha? Wie bitte? Niemand verstand das polnische Wort auf Anhieb, und nur wenige fragten nach. Für eine kleine Beleidigung wollte kaum jemand solche Zungengymnastik auf sich nehmen. Die ganz wenigen, die das Wort überhaupt wiederholen konnten, hatten es spätestens nach zwei Tagen vergessen und sprachen mich nie wieder darauf an.

Ich war zwar enttäuscht, konnte meinen Klassenkameraden aber keinen Vorwurf machen. Das Polnische klingt für deutsche Ohren einfach zu fremd. Polnische Wörter sind wie unbekanntes, glattes Gestein, an dem das Gedächtnis sofort abrutscht. Auch geschrieben machen sie es einem nicht leicht. Kaum hat ein Deutscher die Buchstabenverbindung *rz* oder *sz* erblickt, wie zum Beispiel in dem simplen Namen Krzysztof, sagt er sich: «Puh, das sieht ja komisch aus», und streicht die Segel. Dabei sind *r* und *z* auch nicht schwieriger auszusprechen als *sch*. In der Kombination stehen die beiden Buchstaben für einen einfachen, milden Zischlaut. Man darf bloß nicht versuchen, sie separat hintereinander auszusprechen.

Ich glaubte, ich könnte meine Klassenkameraden an meine Muttersprache heranführen, wenn es mir irgendwie gelänge, sie zu vereinfachen. Zusammen mit Robert, einem weiteren Aussiedlerkind, gründete ich deshalb eine Schülerinitiative. Sie trug den Titel: *Polnisch lernen ist nicht schwer – polnisch sein dagegen sehr.* Ein paar Schulpausen lang verteilten wir selbstgefertigte Flyer mit kleinen Lektionen.

Wir verwandten viel Mühe darauf, den polnischen Lauten Eselsbrücken in die deutschen Köpfe zu bauen. «Guten Appetit» bedeutet auf Polnisch zum Beispiel «smacznego», was sich unmöglich jemand merken kann. Wenn man sich allerdings das ähnlich klingende «Schmatz net so!» einprägt, ist es plötzlich viel leichter.

Ebenso verhält es sich mit dem polnischen «Danke»: Ein Wort wie «dziekuje» kann einfach niemand behalten.

Auch nicht die Abkürzung «dzieki». Wir rieten deshalb, an das deutsche Wort «Junkie» zu denken. Bei «Junkies», die auf einen zukommen und etwas wollen, fällt einem schließlich auch sofort «Nein, danke» ein. Wieder eine Vokabel gelernt.

Einige aus der Klasse lachten über die Beispiele. Besondere Aufmerksamkeit erregte die polnischen Wendung für «kotzen»: «einen Pfau rauslassen». «Hat das vielleicht mit der Farbe zu tun?», fragten fast alle. Dann verlangten sie, noch mal das polnische Wort für «Penis» zu hören, und schmissen den Flyer in den Müll. Die Einzige, die sich nachhaltig für die Initiative interessierte, war Julia, ein sehr großes und sehr hageres Mädchen, das zwei Bücher von Dostojewski gelesen hatte und in jedem Menschen mit slawischer Muttersprache eine *russische Seele* vermutete, die sie leidenschaftlich lieben wollte.

«Adam», flüsterte sie, «du siehst irgendwie so traurig aus.»

«Bin ich aber nicht.» Ich lächelte möglichst zufrieden zu ihr hinauf.

Die deutschen Mädchen in meinem Alter waren viel größer als die Mädchen in Polen. Einige überragten mich um einen ganzen Kopf. Das irritierte mich. Ich wusste nicht, wie ich diese Mädchen angucken sollte. Das einzige Frauengesicht, das ich gewohnt war, von unten anzusehen, war das meiner Mutter gewesen.

Eines Tages wurde ich zum Schulleiter gerufen.

«Ist nichts Schlimmes», sagte meine Biologielehrerin mit einem geheimnisvollen Gesichtsausdruck.

Mit einer mulmigen Vorahnung verließ ich den Klassenraum und ging möglichst langsam durch die leeren

Gänge zum Büro des Direktors. Als ich vor der Sekretärin stand und sich die Tür zum Direktorenbüro öffnete, hielt ich es eine Sekunde lang für möglich, dass sich die DDR-Grenzbeamten, der polnische Geheimdienst und das Westberliner Lehrerkollegium allesamt gegen mich verschworen hatten.

Weil ich oft dazwischenredete, ohne mich ordnungsgemäß zu melden, hielten mich viele Lehrer für ein aufrührerisches Element. Dabei wollte ich gar keinen Aufstand anzetteln. Meist imitierte ich nur das herrische Gebell eines typischen deutschen Offiziers aus dem Zweiten Weltkrieg, wie ich es aus den Erzählungen meines Opas in Erinnerung hatte. Zu meinen Lieblingswörtern im Deutschen gehörte deshalb «Nichtsdestotrotz». Das ließ sich wunderbar zackig aussprechen, klang wie ein slapstickhafter deutscher Militärmarsch und knallte mit seinen vielen Knacklauten wie eine Salve aus einer Pistole.

«Nichtsdestotrotz!» beschreibt aber auch schön so ein Hin und Her. Es ist wie «Jawohl, aber trotzdem nicht, nein, ganz sicher!». Genauso fühlte ich mich. Ich war zwar ganz sicher in Berlin, aber trotzdem irgendwie noch in Polen, irgendwie für den Kapitalismus, aber eben auch ganz schön dagegen. Eben nichtsdestotrotz. So fand ich die vielen Einkaufsmöglichkeiten und die vollen Läden im Prinzip schön und praktisch – in den ersten Monaten hatte ich mich fast ausschließlich von Cola und Raider ernährt. Und es war auch gut, dass die Geheimhaltung um die Ausreise endlich ein Ende hatte und dass nicht mehr überall so viele uniformierte Beamte ohne reale Beschäftigung herumstanden.

Aber der Kapitalismus hatte auch seine seltsamen Seiten. Warum einige meiner Klassenkameraden beispielsweise von ihren Eltern so viel Geld bekamen, dass sie drei Wochen am Stück zum Skifahren in die Schweiz konnten, und pünktlich zu ihrem achtzehnten Geburtstag einen eigenen Mercedes in der Garage stehen hatten, das wollte mir nicht so recht in den Kopf. In Deutschland gab es sowieso irgendwie von allem zu viel. Zu viele Geschäfte, zu viele Waren und zu viel Konsum.

«Im Kapitalismus ist ja auch nicht unbedingt alles gut», versuchte ich einmal eine Diskussion in meiner Klasse anzuregen, «ich meine: Es wäre doch schön, wenn wirklich alle am Wohlstand teilhaben würden. Sollte man den Kapitalismus nicht vielleicht ein bisschen mehr kontrollieren?»

«Haben doch alle dran teil», antwortete Clemens, der Polohemdträger der Klasse. «Und wenn dir das nicht passt, dann geh doch wieder zurück nach Polen. Zum Kommunismus. Dort kannst du den ganzen Tag Schlange stehen und Spanplatte knabbern.» Es gab Gelächter.

Ihren Klamotten nach zu urteilen, waren die meisten in meiner Klasse irgendwie Punks. Fast alle hatten ein Loch in der Hose, die Radikalsten sogar zwei oder drei. Auch ich trug löchrige Hosen. Aber ich wusste nicht so genau, ob ich mich als Pole oder als Punk fühlen sollte oder ob das nicht beides irgendwie dasselbe war.

«Hallo, Adam», begrüßte mich der Direktor in besonders warmem und gutmütigem Tonfall.

«Hallo», erwiderte ich.

Der Direktor hieß Diekmann. Wegen seines Doppelkinns nannten die Schüler ihn aber meistens nur liebevoll «Schwabbelbacke» oder «fette Sau».

«Es geht um deine Klamotten», sagte der Direktor und sah mich freundlich an.

«Ja?»

«Ich wollte dir bloß sagen: Wenn du da etwas brauchst ... Die sehen ja ziemlich ramponiert aus. Ich weiß, dass ihr Polen oft nicht so viel Geld habt. Also, melde dich einfach, wenn du was brauchst. Meine Frau sortiert oft Sachen aus.»

Ich nickte.

«Na, okay! Das war's dann auch schon.» Der Direktor streckte mir seine fleischige Hand entgegen.

Zwei Wochen später trat ich in die Antifa ein. Ich ließ meine Haare verfilzen, zog mir unter großen Demonstrationsplakaten den Kapuzenpullover bis unter die Stirn und schrieb Aufrufe gegen die *faschistische*, die *kapitalistische* und gegen die *kapitalfaschistische Gewalt*.

Nach einiger Zeit fiel mir allerdings auf, dass auch die Leute von der Antifa gerne mal in den Skiurlaub fuhren und früh von ihren Eltern ein Auto geschenkt bekamen. Nur eben keinen Mercedes, sondern einen weißen Golf oder einen hellblauen Fiat, den sie gegen einen klapperigen VW-Bus eintauschten.

Währenddessen galoppierte in Polen die Inflation wie ein Husarenregiment davon und machte die Polen zu Papiermillionären, die sich für ihre Geldbündel fast gar nichts kaufen konnten. Eine leere Flasche Prosecco kostete über fünftausend Złoty, ein Kugellager fünfzigtausend. Für vierzigtausend Złoty konnte man sich eine Schachtel Zigaretten oder eine mittellange Stange Rhabarber leisten. Rhabarber mit Zucker war für Kinder immerhin die beliebteste Süßigkeit. Es war auch die einzige.

Entsprechend hoch war der Gegenwert, den man für harte westliche Devisen wie die D-Mark erhielt. Ein Verwandter von mir, der in Polen geblieben war, bekam von seiner ausgereisten Schwester monatlich zweihundert Mark geschickt. Davon konnte er sich nicht nur ein geräumiges Haus am Rande von Warschau mieten, sondern auch noch jeden Abend seine Freundin zum Essen einladen.

Der Wechselkurs hatte deutsche Besucher schon seit Jahren in den Rang von Königen gehoben. Clemens ließ sich die Gelegenheit nicht entgehen und brach zu einer Wochenendreise nach Warschau auf. Für hundert umgetauschte D-Mark, so erzählte er hinterher, habe er zwei blaue Müllsäcke voll Złotyscheine bekommen. Obwohl seine Eltern und er sich die Bäuche vollgeschlagen, alles besichtigt und mondän gewohnt hätten, sei auf der Rückfahrt noch so viel von dem «Schrottgeld» übrig gewesen, dass er ein Fenster seines Mercedes geöffnet und die Scheine wie Vogelfutter nach draußen gepfeffert habe.

«Das hat geflattert!», sagte er. Und die Schulkinder aus dem polnischen Dorf seien dem Mercedes schreiend hinterhergelaufen. Sie hätten die Scheine aus den Büschen gepflückt und von der Straße gesammelt. Die Banknoten waren weniger wert als 0,1 Pfennig.

«Diese Idioten – wie die Vögel!» Clemens lachte sich halbtot. Wahrscheinlich war er mitten in eine real sozialistische Schüleraktion «Sauberer Straßenrand» hineingerast, aber davon konnte er natürlich nichts ahnen. «Für dich habe ich auch noch ein paar mitgebracht», sagte er, hielt mir die Faust hin und öffnete sie. Darin war ein Haufen bronzener Pfennigstücke, die er mit lautem Geklingel auf den Schultisch herunterprasseln ließ.

Ich sah zu, wie die Pfennige über meinen Tisch rollten, und beschloss, an den deutsch-polnischen Beziehungen etwas zu ändern. Und zwar nichtsdestotrotz.

PIOTR Eine Zeitlang saß ich auch in Berlin jeden Tag im Park auf einer Bank. So wie ich es in Bad Sachsa gelernt hatte. Ich lehnte mich zurück und beobachtete das Treiben.

Die Menschen schlenderten zwar, und manche hatten ein Eis in der Hand. Aber trotzdem schienen sie alle ein Ziel zu haben, auf welches sie mit großer Kraft zustrebten. Alle wollten dringend irgendwohin, hatten Termine und mussten unbedingt etwas erledigen. Die schlimmen Gerüchte, die ich in Polen über den Westen gehört hatte, schienen zu stimmen. Im Kapitalismus gab es einen permanenten Konkurrenzkampf. Um die Fensterplätze in der Straßenbahn, um die Visaeinträge im Reisepass und um das Sahnehäubchen auf dem Cappuccino. Die Deutschen waren nur mit dem eigenen Egoismus beschäftigt. Ständig sagten sie *Ja, Jaja, Ja.* Auf Polnisch bedeutet *ja* nichts anderes als *ich.* Deshalb kam es mir anfangs vor, als redeten die Deutschen permanent von sich selbst. *Ja. Ich. Ich. Ich. Geht's dir gut? Ich. Ich. Kann ich was für dich tun? Ich.* Ich durchschaute meine Täuschung zwar ziemlich schnell, brauchte jedoch noch lange, um mich von der Bedeutungsassoziation zu befreien.

Bald konnte ich wenigstens so gut Deutsch, dass ich nicht mehr mit Pantomime antworten musste, wenn mich wieder einmal ein Passant besorgt fragte: «Ist alles in Ordnung mit Ihnen?» Geholfen hatten mir das Goethe-Institut und unermüdliche Lehrer, die in der Lage waren, mit kleinen Zeichnungen oder Comics nicht nur die Wirrungen der deutschen Grammatik, sondern auch noch das deutsche Rentenversicherungssystem zu erklären.

Beim Fernsehen konnte ich jetzt sogar von *Sat.1*, wo man eigentlich gar kein Deutsch verstehen musste, auf die anspruchsvolleren Kanäle umschalten.

Immer wieder fielen mir merkwürdige Wortähnlichkeiten auf, die deutsche Muttersprachler gar nicht bemerken würden. Zum Beispiel die Wörter «Kirche» und «Kirsche». Nur ein Buchstabe, und schon wird aus dem Gotteshaus eine süße Frucht. Oder «erben» und «sterben». Als würde man das Erbe bei einem Sterbefall immer gleich mitdenken. Weil es mir wie den meisten polnischen Muttersprachlern schwerfiel, die langen und kurzen Vokale auseinanderzuhalten, dachte ich bei dem Wort «Pollenallergie» sofort, es handele sich um eine Allergie gegen die Polen. Und was bedeutete eigentlich der «Pollenflug»?

Überhaupt klang das Wort «Pole» im Deutschen noch nach vielen anderen Dingen, zum Beispiel nach «Po». Und «Polen» klang nach Südpol und Nordpol zusammen – Orte, die weder der Mittelpunkt der Erde sind noch einladend oder gesellig klingen. Trotzdem, an der Assoziation schien mir insofern etwas dran zu sein, als die Polen tatsächlich die Extreme lieben. Und Nord- und Südpol stehen ja für kalt und ... kalt. Okay, aber für die Enden der Welt. Die Polen sind quasi die Achsen der Erde. Die wahren Abenteurer.

Zusammen mit mir lernten viele polnische Aussiedler Deutsch. Dafür waren sie sogar bereit, eine Menge Geld auszugeben. Verschwörungstheorien zufolge hatte sich der Bertelsmann-Club die Aussiedler gezielt als ahnungslose Opfer ausgesucht. Tatsächlich waren nahezu alle Aussiedler, mit denen ich zu tun hatte, dort Mitglied. Sie alle hielten die Vertreter des Clubs wohl für Staatsbedienstete und hatten Angst, ihnen etwas abzuschlagen. Oder sie glaubten, mit ein paar Mark im Monat fast automatisch Deutsch zu lernen. Waren sie einmal Mitglied, mussten sie die Bücher ja nicht auch noch lesen. Viele hatten sich an der Haustür auch eine Brockhaus-Enzyklopädie andrehen lassen, die ihren kleinen Wohnungen Platz wegnahm, obwohl sie kein einziges Mal in dem Lexikon blätterten.

Wann immer mir auf der Parkbank langweilig wurde, begann ich, kleine Theorien über die Deutschen aufzustellen. Zum Beispiel, was ihre farblichen Unterschiede anbelangte. Die Hundebesitzer trugen erstaunlich oft Schwarz, und die Frauen, die mich am wohlwollendsten betrachteten, waren meistens in einem violetten oder dunkelgrünen Farbton gekleidet. Am feindseligsten sahen mich dagegen Frauen an, die überwiegend Weiß oder Gelb trugen. Vielleicht haben hell gekleidete Menschen ein besonders ausgeprägtes Bedürfnis nach Sauberkeit, und vielleicht störte sie deshalb bereits der Anblick eines Menschen, der nur auf einer Bank saß und die glänzende Holzoberfläche wie ein überdimensioniertes Staubkorn beschmutzte. Grün gekleidete Männer kamen auch manchmal vorbei, aber die interessierten sich nur für meine Papiere.

Auf alle Fälle waren polnische Frauen stärker an offensive Blicke gewöhnt, ja, forderten diese Blicke sogar. Irgendwie schienen die Frauen in Polen eine gewisse Brutalität an den Männern zu schätzen. Ich erinnerte mich an ein streng duftendes polnisches Deodorant. Es hatte *Brutal* geheißen, was auf Polnisch nicht nur die Eigenschaft bezeichnen konnte, sondern auch den Mann selbst, also ungefähr so viel bedeutet wie: Brutalo. Das Deodorant war enorm erfolgreich und beliebt gewesen. Ein Brutalo, das war für viele polnische Frauen anscheinend der ideale Mann. Hier dagegen, so schien es mir, konnte man schon wegen sexueller Belästigung angeklagt werden, wenn man einer Frau nur freundlich hinterhersah.

Oft brachte ich mir eine Zeitung mit und las darin, obwohl ich noch nicht viel verstand. Ich war es von den staatlichen Zeitungen in Polen gewohnt, dass aus jedem Ereignis die abwegigsten Schlussfolgerungen gezogen werden konnten. Zum Beispiel hatte es geheißen, der Kommunismus sei gut, weil die Tomaten endlich reif seien. Oder die Polen seien ein stolzes Volk, weil der Wind wieder so kräftig über das Land wehe. Oder man solle keinen Ausreiseantrag stellen, weil der Bart eines polnischen Mannes am besten mit einer Schere gestutzt werde.

Viele Polen störten sich an solchem Mangel an Logik nicht mehr. Sie hatten die Zeitungsartikel als Teil der üblichen Propaganda akzeptiert und lasen sie nicht, um sich zu informieren, sondern ausschließlich der Unterhaltung wegen.

Dass ich plötzlich eine Zeitung in den Händen hielt, in der alles wahr sein sollte, versetzte mir einen Schock. Jede Seite, jeder Satz und jeder Buchstabe stimmte tatsächlich?

Ich fühlte mich überfordert. Die Wahrheit hatte plötzlich einen Nachteil: Ich konnte nicht mehr nur die Schultern zucken. Die Wahrheit betraf mich schließlich als Mensch. Sie setzte mich unter Druck. Die sozialistischen Lügengeschichten waren dagegen wie Urlaub. Bei der Lektüre von polnischen Zeitungen konnte man sich wie ein Kind fühlen, dem die Eltern ein hübsches und lustiges Märchen vorlasen. Solange man sich in dieser Zauberwelt jenseits aller Logik bewegte, musste man nicht darüber nachdenken, wie es in der Realität aussah.

Polnische Zeitungen hatte ich gerne gelesen, ihr Inhalt hatte ja keine Bedeutung. Sie schmeckten wie dünnflüssiger, stark mit Sozialismus gezuckerter Kaffee. Jeder, der ein bisschen nachdenken konnte, war dem Unsinn der polnischen Zeitungen überlegen. Vor den deutschen Zeitungen hatte ich dagegen ein bisschen Angst.

Der *Spiegel*, die *Süddeutsche Zeitung* oder die *Zeit* kamen mir wie eine Prüfung vor, die ich niemals bestehen würde. Ehrfürchtig betrachtete ich an den Kiosken die großen Schlagzeilen. Weil ich sie kaum verstand, fiel mir noch nicht auf, dass auch deutsche Zeitungen keinesfalls nur *die Wahrheit* schreiben und ebenfalls manipulieren, allerdings weniger aus ideologischen Gründen als wegen der Auflage. Aber Wohlstand und Wahrheit, das gehörte in meiner Vorstellung damals zusammen. Die Deutschen lebten im Wohlstand, und in ihren Zeitungen stand die Wahrheit. So hatte man es mir in Polen schließlich erzählt.

«Wo wollen Sie denn beruflich hin?», fragte der Sachbearbeiter auf dem Arbeitsamt.

«Wie bitte?»

Mit meinem in Polen abgeschlossenen Ingenieursstudium stand ich auf dem deutschen Arbeitsmarkt nicht unbedingt schlecht da. Allerdings hatte ich das Fach aus reiner Verlegenheit studiert. Als ich mit der Schule fertig war, bot kein Beruf eine Perspektive. Es gab ja nirgendwo richtige, bezahlte Arbeit. Nur vom Sozialismus geschaffene Scheinarbeitsstellen, bei denen man, je nachdem, wie gute Beziehungen man hatte, in einem größeren oder kleineren Büro herumsaß und sich langweilte. Deshalb war es eigentlich auch egal, was man studierte. Man nahm einfach den Studienplatz, den man bekam.

«Sie arbeiten was?»

«Typograph.»

Die Wahrheit war: Ich konnte Ingenieurwissenschaften nicht leiden. Ingenieure erinnerten mich aus irgendeinem Grund an Tierkadaver und Mottenkugeln. Auf keinen Fall wollte ich in diesem Milieu arbeiten. Buchstaben, Farben und Zeichen – das war es, was mich anzog.

«Wie bitte?»

«Typograph.»

«Ach so. Wieso nicht gleich Traktorist?»

Das Gespräch dauerte nicht länger als zwanzig Minuten und hatte kein Ergebnis. Ich bekam bloß eine Kopie mit der Überschrift «Anlaufstellen für Arbeitslose». Unter Punkt eins stand das Arbeitsamt, in dem ich mich gerade befand.

«Eine Frage hätte ich noch», sagte der Sachbearbeiter am Ende. «Trinken Sie gerne Wodka?»

«Manchmal.»

«Können Sie mir einen Wodka empfehlen?»

«Nein, also eigentlich nicht. Sind alle ganz gut.»

«Meine Frau ist verrückt danach.»

Während ich mich verabschiedete, fragte ich mich irritiert, ob ich nach Alkohol roch, obwohl ich seit Wochen keinen getrunken hatte.

Ich ging zurück in den Warteraum, um mir beim Automaten noch einen Kaffee zu holen. Neben den Einwurfschlitz war mit Tesafilm ein Zettel geklebt. «BITTE KEINE FÜNF-ZŁOTY-STÜCKE EINWERFEN!» stand dort auf Polnisch in großen handschriftlichen Buchstaben. Ich runzelte die Stirn. Für jeden Polen musste das bedeuten: «Hier passen auch Fünf-Złoty-Stücke rein.» Leider hatte ich keins mehr dabei. Ich schob eine Mark in den Schlitz und wartete auf meinen Kaffee.

Später erfuhr ich: Den Beruf *Typograph* gab es in

Deutschland nicht. Das hatte mir der Sachbearbeiter verschwiegen. Es gab nur so etwas wie *Graphiker* oder *Graphikdesigner*. Aber dafür brauchte man noch einen Uni-Abschluss. Und noch mal zu studieren, dazu hatte ich weder Lust noch das nötige Geld.

ADAM «Ach, die faulen polnischen Aussiedlerkinder», hatte ich meinen Deutschlehrer einmal im Gang sagen hören. Es klang, als würden die Polen das Gymnasium sowieso nicht schaffen.

Aber dem wollte ich es zeigen. Ich strengte mich an. Den Schulabschluss schaffte ich mit links. Danach wollte ich studieren. Ich wollte meinem Gefühl von Fremdheit mit wissenschaftlichen Mitteln auf den Leib rücken. Mir gefiel der Gedanke, ein Wissenschaftler zu werden, der den Deutschen ihre eigene Gesellschaft in langen, komplizierten Sätzen erklärte. Also studierte ich Soziologie.

Aber innerhalb eines ganzen Semesters gelang es mir leider nicht, die Mensa zu finden oder auch nur einen einzigen Veranstaltungsort. Die Ziffern und Raumnummern waren ein Rätsel, das sich mir einfach nicht erschloss. Vielleicht hatte ich auch schon zu viel Kafka gelesen.

Seit der Wende fiel es mir sowieso schwer, mich in Berlin zu orientieren. Die Grenze, die wir so mühsam überquert hatten, war auf einmal weg. Man konnte in ein paar Schritten von einer zur anderen Seite spazieren. Es war, als hätten wir uns jahrelang auf eine Gipfelbesteigung vorbereitet, den Gipfel mit größter Anstrengung erklommen, und plötzlich baute jemand eine Seilbahn nach oben.

Als meine Mutter vom Fall der Mauer erfuhr, war sie schockiert.

«Oh Gott», rief sie aus, «jetzt wohnen wir in der DDR!»

Sofort begann sie, die Koffer zu packen und über eine Fluchtmöglichkeit nachzudenken. Sie meinte, die Grenze habe sich nicht nach Osten, sondern nach Westen verschoben beziehungsweise die DDR hätte Westdeutschland geschluckt und nicht umgekehrt. Sie dachte, der Sozialismus habe die Familie wie ein Schatten eingeholt.

«Adam!», rief sie. «Pack deine Sachen! Wir müssen noch mal fliehen!»

Während ich durch die Gebäude der Berliner Humboldt-Universität irrte, landete ich einmal bei einer Biologie-Vorlesung über die *Fortpflanzung von Vierblütern*, ein anderes Mal geriet ich in ein Seminar von Juristen, wo der Professor behauptete: *Die Güterabstandsregelung lässt sich vor dem Hintergrund ihrer Neuregelung in Bezug zur letztjährigen Anpassung als gleichwertig einstufen.* Die Studenten nickten auf ihren Bänken und schrieben eifrig mit. Plötzlich wusste ich: Mit der Wissenschaft würde es nichts werden.

Aber ich wollte die deutsch-polnischen Beziehungen immer noch verändern. Oder vielleicht auch mein Leben. Nur hatte ich keine Ahnung, wie ich das anstellen sollte. Ich wusste nur: Es musste dringend etwas passieren.

Tausend Jahre Tür an Tür

Beim Thema Polen und Deutschland geht es oft nur um Krieg und Entzweiung. Beziehungsweise später um Annäherung und Versöhnung. Aber in Wirklichkeit handelt die Geschichte der deutsch-polnischen Nachbarschaft vom Scheitern, vom Verschwinden und vom Versagen.

Die ersten slawisch-teutonischen Kontakte wurden kurz nach der Varusschlacht aufgenommen. Im Teutoburger Wald hatten die Germanen den römischen Armeen eine vernichtende Niederlage beigebracht. Nach ihrem Sieg waren sie so erschöpft, dass sie sich für ihre Verhältnisse völlig wahnsinnig verhielten: Sie waren freundlich zueinander.

Doch die Adrenalinkonzentration in ihren Adern und die Erschöpfung in ihren Gliedern hielten nicht besonders lange an. Also machten sie sich auf die Suche nach anderen Stämmen, bei denen sie protzen und ihre hervorstehenden Muskeln zeigen konnten. Immerzu brauchten sie entweder Feinde oder Bewunderer. Im Westen gab es nur die hochnäsigen Franzosen. Also zogen sie Richtung Osten. In den Sümpfen und Wäldern hinter der Havel und Oder trafen sie auf die ungekämmten Polanen.

Die Polanen begingen gerade ihre traditionsreichen Olympischen Spiele: Sie feierten ein Fest. Das bedeutet, sie tanzten um ein großes Feuer, auf dem sie altes Gemüse aufkochten. Dabei zogen sie sich an den Haaren und sangen. Ihre Gesichter glühten vom Feuer, und auf ihrer Stirn perlten Schweißtropfen vom Tanz. Die meisten von ihnen waren betrunken und glücklich.

«Wir haben gerade die Legionen des Publius Quinctilius Varus besiegt! Unsere Tapferkeit hat sie das Fürchten gelehrt!», schrien die Germanen. Sie schepperten mit ihren Schwertern und Schilden und bauten sich in einer ordentlichen Formation vor den Polanen auf.

«Wir hatten Erfolg in der Schlacht! Wir haben die Goldmedaille im Gemetzel!»

Ein Germane hob einen großen Stein auf und schwang ihn in der Luft, um zu zeigen, was für ein Kerl er war. Aus demselben Grund bearbeitete ein anderer einen Baumstamm mit Tritten und stieß dabei brachiale, unverständliche Laute aus.

«Alle mal herhören! Leute!»

Einer von den Polen rülpste. Viele tanzten einfach weiter, als wäre rein gar nichts geschehen. Einige rieben sich die Augen und starrten verwirrt in Richtung der Eindringlinge.

Einer rief: «Entweder die Clowns da vorne feiern mit, oder sie gehen nach Hause.»

Doch die Germanen feierten weder mit, noch wollten sie gehen. Stattdessen starrten sie grimmig in die Luft und schlugen in der Nähe des Feuers ihr Lager auf.

Das Wort «Erfolg» hörten die Polanen zum ersten Mal. Es klang für sie wie ein tiefes Raunen. Was sollte damit gemeint sein? Ein gutes Essen? Ein verrückter Tanz? Irgendetwas mit Sex? Sie wussten es nicht.

«Kann man Erfolg anfassen?», fragten sie und klatschten in die Hände.

«Kann man Erfolg sehen?» Mit ihren Fingern formten sie Ferngläser und blickten durch sie in den Himmel. Sie begriffen es einfach nicht.

Es dauerte jedoch nicht lange, bis der Groschen gefallen war. Plötzlich begriffen die Polanen, was es bedeutete, dass die Germanen Erfolg gehabt hatten. Die Germanen waren *besser* gewesen. Sie hatten gewonnen. Und wenn es Gewinner gab, dann musste es auch Verlierer geben. Das waren höchstwahrscheinlich die Polanen. Sie wünschten, sie hätten das Wort *Erfolg* wieder vergessen und aus ihrem Leben verbannen können. Doch das war unmöglich. Das Wort saß in ihren Köpfen fest wie ein böses, hungriges Tier.

Beschämt zogen sie den Schwanz ein und schlichen in ihre Sümpfe zurück. Dort gingen sie ihren üblichen Geschäften nach. Bernstein schmuggeln, alte Stühle reparieren und Wodka auf ex aus der hohlen Hand schlürfen. Jetzt gefiel ihnen das aber nicht mehr so gut wie vorher. Zweifel keimte unter ihren blonden Haaren. Das kleine Tier saß ihnen im Nacken. Waren sie etwa Versager? Mussten sie sich schämen? Mussten sie sich bei irgendwem entschuldigen? Aber bei wem? Etwa bei den Germanen?

Das konnte nicht sein. Versager? Nein. Sie ließen ihr Gemüse weiter kochen und versetzten ihren Wodka mit Büffelgrasextrakten. Sie suchten nach neuen Schmuggelrouten. Im Dunst der Steckrüben, der Möhren und des Kohls keimte rebellische Stimmung auf.

«Unmöglich», riefen sie, «erfolgreich oder nicht, das spielt überhaupt keine Rolle! Das ist nur Germanengefasel! Lasst uns lieber vergessen und feiern!»

Sie beschlossen, wieder ums Lagerfeuer zu tanzen. Und sich außerdem ausgefallenen Sexpraktiken zu widmen, wie beispielsweise der Stellung *entlaufener Kranich*, in welcher der weibliche Partner rittlings auf einem Bein stehend … Aber das ist eine andere Geschichte.

Die Polanen jedenfalls feierten weiter, und die Germanen wollten immer noch nicht mitfeiern. Sie sahen dem wilden Treiben nur wortlos und kopfschüttelnd zu. Deshalb wurden sie von den Polanen «niemcy» – «die Stummen» – genannt. Alle diejenigen aber, die das «Wort», also «slowo», beherrschten, nannten sie Slawen.

So ging das ungefähr tausend Jahre lang.

Bei den Germanen wurden unterdessen die fünfzinkige Mistgabel, der einhändige Heuschober und noch viele weitere nützliche Dinge erfunden. Bis schließlich das Christentum nach Polen herüberschwappte. Und mit ihm kam das erste Gesetz über die Nachtruhe.

Protestantisch veranlagte Germanen erklärten Lust und Vergnügung nämlich zum Teufelswerk. Die orgiastischen Zeremonien der Polanen gingen ihnen gehörig auf die Nerven: jede Nacht Dudelsackmusik, Geschrei und Stöhnen auf allen vieren. Die Nachtruhe musste eingehalten werden, koste es, was es wolle!

So schickten die Germanen über hundert Kuriere über die Weichsel. Sie sollten höflich um Nachtruhe bitten und nötigenfalls erklären, wieso übertriebene Feierei schlecht für den menschlichen Organismus sei und zu nichts führe. Sie sollten vom Pflichtgefühl und von der Ordnung sprechen. Die meisten Kuriere überbrachten die Nachricht, betranken sich anschließend bis zur Besinnungslosigkeit und blieben in Polen. Kaum eine Handvoll von ihnen kehrte zurück. Alle übermittelten sie dieselbe Antwort: Man lasse sich von den germanischen Spaßbremsen nichts sagen, und ansonsten seien sie eingeladen mitzufeiern.

Da ersannen die Germanen einen Trick. Sie luden den polanischen König Mieszko nach Köln zur Taufe ein. Köln war zu der Zeit noch eine bedeutende Metropole und ein Zentrum der katholischen Kirche. König Mieszko wurde mit einer goldenen Krone geblendet und erhielt eine Art Gehirnwäsche. Er kehrte als Asket nach Polen zurück. Mit einem Mal gab es in seinem Reich Feudalismus, Dreifelderwirtschaft, Steuer und Inquisition. Schuften, fasten und kein Sex vor der Ehe.

Der Trick gelang: Die Polanen nahmen die Religion viel ernster, als sie gemeint war.

Unerlaubte sexuelle Praktiken wurden plötzlich besonders hart bestraft. Obwohl niemand in Deutschland das gefordert hatte. Dort bestrafte man lieber den Diebstahl beziehungsweise die unerlaubte Berührung von Sachen. Die höchsten Strafen stehen eben immer auf das, was besonders verbreitet ist. In Deutschland der Diebstahl und in Polen der unkonventionelle Sex.

Welche Strafe damals genau für welches Vergehen verhängt wurde, das ist heute nicht mehr bekannt. Detaillierte Überlieferungen fehlen. In Erinnerung geblieben ist jedoch eine besonders grausame Bestrafung aus Masowien, der Gegend um das heutige Warschau. Der unglücklich Verurteilte – nicht nur aus anatomischen Gründen waren die Delinquenten ausschließlich Männer – wurde mit seinem Glied an eine hölzerne Brücke genagelt. Dann drückte man ihm ein Messer in die Hand. Wollte er nicht an Erschöpfung oder Durst sterben, dann musste er sich selbst von den Qualen und allen Aussichten auf zukünftige Freuden befreien.

Damit waren die heidnischen Blumenjahre für die Polanen vorbei. Das rebellische Volk wurde zivilisiert, und die Frage, wer jetzt eigentlich versagt hatte, brachte eine Menge Streit und Zersplitterungen. Viele Fürstentümer mit seltsamen Namen wie *Pommerellen* oder *Samboriden* behaupteten ihre Vorherrschaft und verloren sie wieder.

Mehrere Könige trugen den komischen Namen Kasimir, und die Polanen nannten sich von nun an Polen, weil sie «Polanen» zu rückständig fanden. Mit neuem Namen fanden die Polen auf einmal Gefallen am Erfolg, nahmen sich ein Beispiel an den Germanen, waren stolz auf ihr Polentum und zogen in den Krieg, weil sie es überall beleidigt sahen.

Natürlich hielt ihr Erfolg nicht besonders lange an. Kaum hatten sie ein benachbartes Land erobert, kamen andere und eroberten es sich wieder zurück. Entweder hieß es: «Die Polen kommen, lasst sie nicht rein!» Oder: «Wir kommen zu den Polen! Rennt sie nieder!» Sogar die Mongolen schafften es mit ihren Armeen einmal bis nach Polen und traten nicht sonderlich freundlich auf.

Weil irgendwann nicht mehr sicher war, wer von den polnischen Fürsten eigentlich zu den Gewinnern gehörte, bestimmte man viele ausländische Magnaten zu den eigenen Königen. Unabhängigkeit konnte auf diese Weise natürlich nicht aufkommen. Fremde Dominanz wurde abgeschüttelt, Befreiungskämpfe wurden geführt. Alle wollten sich emanzipieren, aber irgendwie kam es doch immer wieder zur Unterdrückung. Polen wurde umdeklariert, klassifiziert und neu geordnet.

Während Goethe ein paar hundert Kilometer weiter westlich noch an den Leiden des jungen Werthers schrieb, war Polen bereits einmal geteilt. Russland, Preußen und

Österreich-Ungarn fraßen an dem ehemals größten Land Europas wie hungrige Kinder an einem Kuchen.

Und Goethe hatte den Zauberlehrling noch nicht einmal angefangen, da war Polen ein zweites Mal geteilt. Russland und Preußen hatten sich ein weiteres Stück Polen einverleibt. Übrig war jetzt nur noch ein schmales Stück Land. Und auf diesem Landstreifchen geschah im Mai 1791 etwas derart Erstaunliches, dass man in Polen deswegen noch heute vor Stolz ganz rot anläuft. Das polnische Parlament verabschiedete eine Verfassung. Die zweite nach den USA und die erste in ganz Europa.

Doch egal, welche Stellung man der polnischen Verfassung in der europäischen Geschichte einräumt, eines lässt sich kaum leugnen: Sie war ein äußerst delikates Stück polnischer Geschichte. So delikat, dass den hungrigen Staaten Russland und Preußen das Wasser im Mund zusammenlief und sie sich nicht mehr beherrschen konnten: Im Jahr 1795 war Polen auf einmal ganz verschwunden. Von der Landkarte gefegt. Der Kuchen war aufgegessen. Zwölf Jahre lang existierte Polen nicht mehr. Viele Polen fühlten sich deshalb erleichtert und zum ersten Mal wieder an die Jahre des Tanzes und der fröhlichen Feierei erinnert. Ohne Nationalität gab es auch keinen Nationalismus, kein patriotisches Gehabe und keine Beleidigung des Polentums. Wenn es Polen nicht gab, dann spielte die Frage, wer denn jetzt eigentlich gewonnen hatte, einfach keine Rolle mehr. Das alles war zusammen mit Polen verschwunden, und man konnte endlich wieder nach Herzenslust feiern.

Dann kam Napoleon. Er schlug zwar vor, Polen ein bisschen wachsen zu lassen, marschierte dann jedoch in Warschau ein. Wieder einmal war die Party vorbei.

Man gewöhnte sich in Polen daran, dass man von anderen Völkern regiert wurde. Wer genau es war, der einen unterdrückte, war den Polen inzwischen egal. Sie interessierten sich mehr für die Frage, welche Art von Partys die besten waren, die polnischen oder die preußischen. Leider fiel ihnen zu spät auf, dass die Preußen gar keine Partys feiern wollten, sondern einen Kulturkampf. Die polnische Sprache wurde zunehmend aus den Oberschulen entfernt, und nach der Gründung des Deutschen Reichs wurde das deutsche Bestreben, die polnische Bevölkerung zu germanisieren, immer offensichtlicher. Weil man eingesehen hatte, dass die Polen nicht einfach so vom Erdboden verschwinden würden, wollte man sie eben in Deutsche verwandeln.

Die Polen hatten jedoch keine Lust, sich umerziehen zu lassen. Im ländlichen, preußischen Gebiet gab es zur Zeit der Industrialisierung ohnehin immer weniger zu holen. Also wanderten unzählige Polen aus, nach Oberschlesien oder ins Ruhrgebiet. «Unter Tage» in einem «Bergwerk» zu arbeiten, das erinnerte sie an Feiern und durchgemachte Nächte. Erst zu spät begriffen sie, dass man sie schon wieder getäuscht hatte. Denn kaum war der Erste Weltkrieg vorbei und kaum hatten sie sich ein bisschen akklimatisiert, da tauchte Polen wieder auf der europäischen Karte auf. Polen war zum ersten Mal seit über hundert Jahren wieder ein eigenständiges Land. Das hatten sie Józef Piłsudski zu verdanken, einer Art Atatürk der Polen. Unter seiner Führung wurde das erste Kapitel des modernen Polens aufgeschlagen. Polen war endlich unabhängig und frei.

Bis, natürlich, Polen von den Deutschen überfallen wurde. Aber dieser Teil der Geschichte ist ja bereits bekannt.

Oder besser gesagt: Fast *nur* dieser Teil der polnischen Geschichte ist bekannt. Meistens setzt die deutsche Beschäftigung mit der polnischen Geschichte überhaupt erst mit dem Zweiten Weltkrieg ein. Aus deutscher Sicht ist es fast so, als wären die Bomben im Jahr 1939 erst der Urknall für die Entstehung Polens gewesen. Nach dem Motto: Wir kennen nur die Völker, auf die wir geschossen haben.

Pole für alles

PIOTR «Tomasz!»

Ich sah vom Bürgersteig durch den Bretterzaun auf die große Baustelle. War der junge Mann in den Bauarbeiterklamotten wirklich mein Studienkollege aus Lublin? War der damals nicht dieser schmächtige Junge gewesen, dem jeder Ziegelstein zu schwer war?

«Piotr, du altes Rosenblatt!»

Kein Zweifel. Er war's.

«Was machst du hier?»

«Arbeiten natürlich. Was denn sonst? Glaubst du, ein Pole hängt nur faul in Berlin herum? Außerdem kann ich mich kaum noch vor Frauen retten, seit ich diesen Blaumann anhabe.»

Ich konnte das nicht so recht glauben. Tomasz hatte ein derbes Gesicht, war ziemlich klein, und der Blaumann war ihm auch viel zu groß. Aber ich wollte ihn nicht verunsichern und schwieg.

«Und?», fragte Tomasz. «Womit verdienst du in Deutschland dein Geld?»

«Geld?»

«Wovon lebst du?»

«Ich will Literaturzeitschrift gründen. Ich bin jetzt intellektuell.»

«Und was springt für dich dabei raus? Außer hübschen Gedanken?»

«Ich suche noch Sponsoren. Ich bin gerade erst dabei, die Zeitschrift zu finanzieren.»

«Und für dich selbst?»

«Tja.»

«Gehst du zum Amt?»

«Ja, ab und zu schon.» Mir fiel ein, dass ich sehr lange nicht mehr mit meinem Sachbearbeiter gesprochen hatte. Beim letzten Gespräch hatte der deutsche Staat immer noch keinen gutbezahlten Job für mich. Das hatte ich auch gar nicht erwartet. Aber der Sachbearbeiter hatte mehrmals gefragt, in welcher Stadt meine Frau geboren war, und die Stadt mit mir zusammen auf einer großen Landkarte gesucht. Polen hatte darauf die Umrisse von 1906. Also gar keine. Das Land war seit 1795 von der Karte Europas verschwunden. Bis 1918.

«Du machst also nichts.» Tomasz grinste breit. «Dachte ich mir. Komm doch mit auf die Baustelle. Hier ist es nie langweilig.»

Ich dachte an die sibirischen Zustände auf meinem Konto und sagte mir: «Wie lange soll der Permafrost noch dauern?» Das Fach Kryotechnik hatte ich an der Lubliner Universität gehasst.

So begann meine erste Anstellung als Schwarzarbeiter.

Drei Wochen später stand ich neben Tomasz auf der Baustelle und dichtete Fenster ab. Der Lohn wurde uns einmal in der Woche hinter dem Gerüst bar auf die Hand gezahlt.

Handwerkliche Tätigkeiten waren in Polen längst nicht so stark reguliert wie in Deutschland. Offizielle Handwerker zu bekommen war nicht ganz einfach, deshalb reparierte jeder überall alles. Fünfzehnjährige Schüler konnten mühelos mit einer Hand einen Atomreaktor abdichten. Fensterabdichten war also nur Kinderkram.

Ich trug ein schwarzes «Bad-Religion»-T-Shirt und Jeans wie ein amerikanischer Tourist. Zwar hatte ich mich schon auf den Blaumann gefreut, aber just vor meiner Anstellung änderte der Leiter der Baustelle seine Taktik: Die Schwarzarbeiter durften jetzt nur noch in Zivilkleidung erscheinen. Falls die Beamten des Bundesgrenzschutzes irgendwo in der Nähe auftauchten, sollten sie sich als «interessierte Besucher» ausgeben oder so schnell wie möglich das Weite suchen.

«Und wenn wir nicht schnell genug sind?»

«Nehmt halt die Beine in die Hand! Beim Weglaufen seid ihr Polen doch sonst so gut!»

Ich verstand nicht, was damit gemeint war, aber zusammen mit Tomasz verfugte ich Außenwände, zementierte Böden, spritzte Schaumstoff unter die Fensterbretter und noch vieles mehr.

«Einen Polen», sang Tomasz, «einen Polen, den kannst du immer gebrauchen. Ein Pole, ein Pole für alles!»

In den ersten Tagen zuckte ich immer zusammen, wenn ich nur von weitem die Uniform eines Polizisten sah. Jedes Mal wollte ich mich am liebsten über alle Berge machen. Aus Polen war ich daran gewöhnt, dass jeder Polizist eine potenzielle Gefahr darstellte, ganz egal, ob man etwas ausgefressen hatte. Doch die deutschen Polizisten gingen nur vorbei, und ohne Anweisung von oben kam keiner auf die Idee, die Baustelle nach Schwarzarbeitern zu durchsuchen.

Schnell fand sich neben Tomasz und mir ein kleines Grüppchen akademischer Baustellenpolen zusammen. Es gab einen ehemaligen Lehrer und einen ehemaligen Architekten. Alle waren vor ein paar Jahren emigriert. Alle hatten sich strategisch die Schnurrbärte abnehmen lassen. Auf dem deutschen Arbeitsmarkt waren sie trotzdem nicht zurechtgekommen.

«Ich finde die Handarbeit sowieso viel erfüllender», sagte der Lehrer, «und Ziegelsteine schreien auch nicht die ganze Zeit herum.»

«Ich könnte dem Bauleiter hier ein paar gute Tipps geben», meinte der Architekt, «aber mich fragt ja keiner.»

«Wusstet ihr», rief ich, «dass der Ausdruck ‹einen polnischen Dienst leisten› vor hundert Jahren bedeutete, dass man kostenlos arbeitet? So, wie es die polnischen Bauern damals mussten?»

«Wusste ich nicht», sagte der Architekt, «aber hätte man sich ja denken können.»

Zwischen deutschen und polnischen Bauarbeitern gab es kaum Kontakt. Während die Deutschen am Vormittag ihre erste Bockwurst mit Senf verdrückten und Kaffee tranken («Zwei Bocki und Kaffee!»), standen die Polen unschlüssig zusammen, schlürften Tee und unterhielten sich über polnische Romane.

Einer der Deutschen, er hieß Heinz, kam jeden Montagmorgen vorbei, um uns noch einmal den Arbeitsplan für die kommende Woche einzubläuen.

«Das muss bis nächsten Freitag fertig sein», sagte er. Jedes Mal fügte er lachend hinzu: «Ansonsten, ihr wisst schon. Steht Polen offen. Schadet also nicht, wenn ihr euch ein bisschen beeilt.»

Eigentlich hatten wir den Arbeitsplan längst vom Chef erhalten. Heinz kam wohl nur, um seinen kleinen Scherz anzubringen.

An den niedrigen Löhnen und dem unsicheren Arbeitsverhältnis störte ich mich anfangs überhaupt nicht. Ohne Unsicherheit kein Risiko, fand ich, und ohne Risiko keinen Spaß. Schwarzarbeit war ein richtiges Abenteuer.

Außerdem freute ich mich wirklich daran, wie die Dinge auf der deutschen Baustelle vorankamen. Es befriedigte mich, in einem halbwegs funktionierenden System zu leben, wo man arbeiten konnte, weil man etwas *konnte*, und nicht, weil man jemanden *kannte*. Gut, die Schwarzarbeit hatte ich auch in Deutschland nur über Tomasz bekommen. Und der Lehrer war vielleicht auch nicht gerade ein Meister im Fugenabdichten. Wir alle waren vor allem eins: schön billig.

In Polen hatte ich es kaum einmal erlebt, dass öffentliche Gebäude und Straßen ausgebessert wurden. Dort konnte man vor den Schlaglöchern nur kapitulieren, weil man wusste: Die Logik des Straßenbauamtes und dessen Maßnahmen ließen sich von einem normalen Menschen niemals durchschauen. Das Straßenbauamt agierte wie ein Betrunkener. Vielleicht, weil es hauptsächlich aus Betrunkenen bestand. Es ließ bauen, wenn es gerade in der Stimmung war, und ließ am nächsten Morgen wieder abreißen. Oder umgekehrt.

Das realsozialistische Vakuum erstickte in Polen jede kleinste Aktivität. Während des Studiums hatte ich in einem Betrieb gearbeitet, der offiziell Militärhubschrauber herstellte. Das Firmengelände war weiträumig mit Stacheldraht abgeriegelt. Doch den ganzen Tag über arbeitete dort niemand. Einer las Zeitung, die anderen gingen im Wald spazieren. Der Chef war ein leidenschaftlicher Vogelbeobachter und spezialisiert auf ausgestorbene Schwarzstörche. Der Betrieb bildete sich viel auf seine

Geheimhaltung ein. «Wenn der Feind kommt, dürfen wir keinesfalls etwas preisgeben», hieß es, und: «Unsere Hubschrauber werden Polen im Ernstfall zum Sieg verhelfen! Von ihnen hängt alles ab!» Eine Bande von Fünftklässlern hätte jedoch genügt, um den Betrieb auszuspionieren. Die Halle mit den strengsten Geheimnissen wurde von drei senilen Opas bewacht, die jeweils ein altes Gewehr mit Bajonett auf ihren großen Bäuchen festklammerten und schliefen. Wirklich furchteinflößend war nur ihr Schnarchen.

Mit dem Job auf der deutschen Baustelle war ich deshalb zufrieden. Ich sah, dass meine Arbeit zu etwas führte und nicht bloß im sozialistischen Sand verlief. Die Ziegelsteine, die ich aufeinanderstellte, konnten von keiner Behörde weggeschafft werden; und die Grube, die ich aushub, wurde nicht plötzlich wieder zugeschüttet.

Seltsam kam mir nur vor, dass es etwas wie Schwarzarbeit in Deutschland überhaupt gab. Die Deutschen waren doch sonst so korrekt. Wie passte das zusammen? Andererseits, im Asylbewerberheim in Bad Sachsa hatte ich mich auch zuerst darüber gewundert, wie sauber der Müll in Deutschland getrennt werden musste. Dann beobachtete ich, wie ab und zu Autos neben dem Heim parkten und die Fahrer ihren Hausmüll in die Gemeinschaftsmülltonne entsorgten. Nur, um ein bisschen Müllgebühr zu sparen. Vielleicht ist die deutsche Korrektheit bloß eine Legende wie die schwarze Materie, und dahinter sieht es ganz anders aus.

Bekanntermaßen war ich keine Ausnahme. Mit mir arbeiteten Tausende Polen schwarz. In Berlin und in ganz Deutschland. Von der Visafreiheit berauscht, kamen sie in

Reisebussen nach Berlin, träumten von einer besseren Zukunft, schleppten dann allerdings Zementsäcke, stachen Spargel und schwangen den Putzlappen.

Die Ankunft der Polen beschwor alte Ängste herauf. Die Polen setzen sich auf unsere Arbeitsplätze und stehen dann nicht mehr auf! Die Polen sind überall! Die polnische Mafia trägt in Zementsäcken Leichenteile umher! Die Polen verdecken uns die Sicht auf das schöne Spargelfeld! Die Polen klauen den Staub aus unseren Wohnzimmern und verwandeln ihn zu Hause auf irgendeine bösartige Weise in Gold!

Natürlich wurde die Angst vor der «Polenschwemme» auch politisch ausgeschlachtet. Rechte und konservative Parteien warnten vor den arbeitswütigen Polen. Ostdeutsche Neonazis hatten zwar auch keine Lust, den Spargel selbst zu stechen, wollten die Polen jedoch unbedingt vertreiben. Einmal gelang es ihnen, zwei polnisch aussehende Reisebusse leicht zu beschädigen. Paradoxerweise trieben sie dadurch einen Keil ins eigene Volk, denn die Busse waren mit westdeutschen Osttouristen gefüllt, die zuerst glaubten, sie hätten bereits die Grenze überquert und würden von hungernden, marodierenden Polen angegriffen, dann aber in ihrer Meinung bestätigt wurden, dass die Ostdeutschen brutal und kulturlos seien.

Soviel die Berliner Polen arbeiteten, am Wochenende gab es für sie nur eine Beschäftigung: Sie suchten die Philharmonie. Sie irrten am Potsdamer Platz umher und sprachen Passanten an: «Wo ist die Philharmonie? Wir müssen zur Philharmonie!» Mit Hilfe von Straßenschildern gelangten sie schließlich auch an ihr Ziel.

Natürlich interessierten sie sich nicht für so profane Persönlichkeiten wie Claudio Abbado oder für das, was von Karajans Erbe übriggeblieben war. Dazu waren sie viel zu vornehm.

Ihr Ziel war eine Brache hinter dem prächtigen Gebäude. Dort fand ein kostenloser Workshop «Einführung in die Marktwirtschaft» mit praktischen Übungen statt. Auch bekannt unter den Namen «Polenmarkt». Es war eine Mischung aus Flohmarkt, orientalischem Basar und Schwarzmarktumschlag. Die vergangenen vierzig Jahre Planwirtschaft wurden in drei schnellen Lernschritten aufgeholt: kaufen, kaufen, kaufen.

Die deutschen Behörden reagierten allerdings schnell und ließen ganze Scharen aus Zivilbeamten von Polizei und Finanzamt auf die illegalen Händler los. Wer gewerbsmäßig und kriminell zwei Kilo Käse oder eine Flasche Zubrowka geschmuggelt hatte, musste zehn oder zwanzig Mark Strafe bezahlen und bekam von den gestressten Beamten noch eins auf die Fresse. Angeblich steckten sich einige von ihnen einen Teil der Strafsteuer in die eigene Tasche. Deshalb war der Dienst auf dem Polenmarkt in der Berliner Polizei besonders begehrt.

Nach drei Monaten rückten Bagger an, um die wirtschaftliche Bedrohung zu bannen. Die Brache wurde bebaut, und über das wirtschaftliche Chaos wuchs das Sony-Center.

Dabei halfen übrigens die Polen. Sie bekamen ihren ersten legalen Bauauftrag. Was für eine Genugtuung!

Zu den polnischen Putzfrauen gehörte eine Bekannte von mir. Julia trug ihr blondes Haar stets zu einem Zopf gebunden und war sehr energisch. Sie hatte parallel über zwanzig schwarze Anstellungen als «Raumpflegerin», wie die offizielle deutsche Bezeichnung lautet.

Woche für Woche rotierte sie durch die Stadt. Sie fegte beim netten Grundschullehrer aus Berlin-Kreuzberg ebenso aus, wie sie beim Professor aus Berlin-Dahlem das Parkett wischte. Durchschnittlich bekam sie zehn Mark in der Stunde. An Krankengeld oder bezahlten Urlaub war für sie natürlich nicht zu denken. Dafür bekam sie zu Weihnachten mehrere Tafeln Discounter-Schokolade, oft garniert mit Hinweisen wie: «Damit Sie sich auch mal was gönnen. Frohe Weihnachten von Ihren deutschen Schmutzfinken.»

Julia war nicht besonders zufrieden mit ihrem Putzjob, aber zu stolz, um sich zu beklagen. Meistens war sie stark geschminkt und trug Kleider aus dem Secondhand-Laden. Wie viele andere Polinnen war sie der Meinung, trotz ihres niedrigen Einkommens immer noch besonders schön gekleidet zu sein. Leider stimmte das nicht ganz. Sie sah zwar oft aus, als wäre sie gerade für einen Film gecastet worden. Doch dieser Film war über zwanzig Jahre alt.

Ich traf mich ab und zu mit ihr nach der Arbeit zu einem polnisch aufgebrühten, also ungefilterten Kaffee in Berlin-Mitte. Während das Kaffeepulver in der Kanne nach unten sank, zupfte sie ihre Kleider zurecht. Sie redete wenig von der Arbeit. Stattdessen sprach sie von ihren Kindern und ihrer Hoffnung, dass aus ihnen mal etwas werden würde.

«Das wäre doch schön», sagte sie bei solchen Gelegenheiten, «wenn aus meinem kleinen Wojtek ein guter Arzt würde.»

«Willst du ihn dazu zwingen?»

«Nein, er kann sich frei entscheiden. Anwalt wäre ja auch okay. Oder Zahnarzt. Hauptsache, er landet nicht da, wo wir sind.»

«Zahnarzt? Oder Zähnearzt?», fragte ich. So hieß der Zahnarzt im Polnischen. Die Vorstellung, dass es in Deutschland für jeden einzelnen Zahn einen extra Zahnarzt gibt, finde ich bis heute komisch.

Einmal kam Julia doch auf ihre Arbeit zu sprechen. Wir hatten uns ausnahmsweise zum Wodka getroffen. Nach ein paar kräftigen Schlucken räusperte sie sich, schüttelte den Kopf, fuchtelte mit den Händen und sagte: «Ach, Piotr.»

Dann berichtete sie von deutschen Ehefrauen, die keiner geregelten Beschäftigung nachgingen, aber trotzdem nicht in der Lage oder willens waren, die eigene Wohnung alleine sauber zu halten. Sie erzählte von einer gewissen «Frau Haberlang», die ihr während des Putzens ständig hinterherlaufe und dabei nicht nur alles penibel kontrolliere, sondern auch noch ohne Punkt und Komma vom Unglück in der Welt erzähle.

«Vorne hui und hinten pfui», sagte ich.

«Mir wird ganz schlecht bei dem Gedanken, wie sauber unser schönes Polen sein könnte, wenn die ganzen Putzfrauen nicht alle hier wären.»

«Da bin ich mir nicht so sicher.»

«Wir Polen waschen, schneiden, legen und föhnen bald auch noch die die Nasenhaare der Deutschen.»

«Also ich mache das nicht.»

«Hier blitzt und blinkt alles, während meine Hände immer runzeliger werden und in Polen alles den Bach runtergeht.»

«Jetzt übertreib nicht und trink noch ein bisschen.»

«Man müsste», rief Julia und schenkte sich Wodka nach, «einfach mal mit Schlamm putzen. Die Fenster dreckig wischen. Das wäre den Leuten vielleicht eine Lehre.»

«Ich weiß nicht. Eine Lehre wofür?»

«Das müsste man wirklich mal machen! Die Wohnungen verdunkeln! Das wäre doch ein Riesenspaß!»

«Kann sein. Aber wie willst du denn den Schlamm überhaupt anrühren? Da müsstest du ja den Dreck erst durchs Treppenhaus in die Wohnung tragen. Oder willst du die Erde aus den Blumentöpfen benutzen?»

«Ach Quatsch, bei den meisten ist doch genug Dreck hinterm Schrank. Muss man nur mit ein bisschen Öl und Staubflusen verfeinern.»

«Na ja.» Ich fand die Idee mit dem Schlamm nicht besonders innovativ und auch etwas kriminell. Aber Julia war eine schüchterne und normalerweise ziemlich vernünftige Frau, und ich wusste, dass sie niemals etwas so Leichtsinniges machen würde.

Ich hatte mich getäuscht. Nur drei Wochen später verunstaltete sie die Fenster von zwei ihrer Kundinnen und verlor daraufhin sämtliche Putzjobs. Die Telefonkette, die sie für Notfälle oder Verspätungen eingerichtet hatte, wurde ihr zum Verhängnis. Ihre Kunden riefen sich gegenseitig an, um vor der «durchgeknallten Putzfrau» zu warnen. Weil ein Fenster leicht zerkratzt war und die Eigentümerin eine Klage einreichte, musste Julia außerdem fünfzig Sozialstunden in einem Heim für schwererziehbare Jugendliche ableisten. Dort wurde sie wie eine Heldin gefeiert.

Nun lebt sie von Sozialhilfe, und ich werde das Gefühl nicht los, dass sie mir irgendwie die Schuld an der ganzen Sache gibt. Als hätte ich sie zurückhalten oder wenigstens warnen müssen. Ich treffe mich nur noch selten mit ihr.

Seit drei Monaten arbeitete ich mit Tomasz auf der Baustelle, als der Bauleiter uns eines Tages zu sich hinter das Gerüst bat.

«Tja, also ihr habt es wahrscheinlich gehört», sagte er, seufzte und sah hoch in den Himmel.

«Was?» Weder Tomasz noch ich wussten, was er meinte.

«Ihr habt es also schon gehört.»

«Nein!»

«Jungs, die ganze Sache wird mir zu heiß. Das wird jetzt alles immer strenger hier.»

«Aha?»

«Ich will's kurz machen. Nächste Woche seita weg. Sag ich mal so. Da kann man nichts machen. Ich setz euch frei. Ist halt so und macht mir auch keinen Spaß. Ich freu mich als Letzter drüber, das könnt ihr mir glauben. Ihr habt aber gut gearbeitet.»

«Hä?»

«Vielleicht sehen wir uns ma wieder.»

Ich war schockiert, doch Tomasz zuckte nur mit den Schultern. Als der Bauleiter gegangen war, sagte er zu mir: «Glaub mir, für einen Polen ohne Alkoholproblem gibt es hier genug Arbeit – so faul, wie die deutschen Bauarbeiter sind. Das kann man sich ja gar nicht vorstellen.»

Tomasz hatte recht. Es ergab sich immer wieder etwas Neues. Eine Baustelle hier, eine kleine Sanierung dort. Mit der Zeit baute ich mir ein Netzwerk aus Kontakten zusammen, die an Schwarzarbeit interessiert waren.

Meine Auftraggeber kamen aus dem gehobenen Bürgertum. Einer prominenten Politikerin renovierte ich das komplette Ferienhaus in Brandenburg. Für den Vorsitzenden einer kunsthistorischen Akademie verputzte ich die Wände und schliff ihm die Dielen ab. Ein Professor der Freien Universität beauftragte mich, ein Regal zu bauen. Einem westdeutschen Lehrer klebte ich alte, «coole» Tapeten mit ostdeutschem Muster ins Badezimmer. Gegen Bargeld sanierte ich mit fünf anderen Polen sogar ein komplettes deutsches Theater in Süddeutschland. Das Ganze dauerte mehrere Monate, störte den Theaterbetrieb aber überhaupt nicht. Die polnischen Arbeiter wurden einfach als Teil des allgemeinen Bühnenbildes wahrgenommen.

Die Politikerin wurde meine beste Kundin. Für das Ferienhaus hatte sie ständig Extrawünsche. Und wann immer irgendeine Kleinigkeit in ihrer Berliner Stadtwohnung anfiel, eine durchgeschmorte Glühbirne, eine durchgebrannte Sicherung oder eine aufgeblähte Tapete, rief sie mich an. «Herr Piotr, ich habe da noch etwas für Sie», sagte sie. «Vielleicht könnten Sie jetzt gleich einmal vorbeikommen? Hätten Sie jetzt eventuell Zeit?»

Ich hatte zwar nicht immer Zeit, aber die Politikerin konnte schnell unfreundlich werden, wenn ich ihr nicht zur Verfügung stand. Dann sprach sie oft von den vielen «anderen Polen», die «auch nichts zu tun» hätten. Oder sie fragte zurück: «Wieso nicht, Herr Piotr? Wieso haben Sie denn da keine Zeit?» Darauf wusste ich keine Antwort. Alle privaten Termine erschienen mir plötzlich klein und lächerlich gegen die überzeugende Stimme der Politikerin.

Dabei hielt sich die Politikerin für überaus korrekt. Einmal lag ich unter der Spüle in ihrem Ferienhaus und mühte mich mit einer hartnäckigen Schraube ab, während im Hintergrund das Radio lief. Plötzlich fiel der Name der Politikerin, sie gab dem Sender ein Interview.

Ich spürte einen Schweißtropfen langsam von meiner Stirn in die Haare laufen und hörte sie sagen: «Es kann einfach nicht sein, dass es in diesem Land noch immer Menschen gibt, die unter der Mindestlohngrenze arbeiten müssen. Wir haben immer gesagt: Das ist ein unhaltbarer Zustand, und genau daran muss sich etwas ändern. Nicht nächstes Jahr und nicht nächsten Monat. Sondern noch heute.»

Ich seufzte und setzte den Schraubenzieher zum zwanzigsten Mal neu an.

An einem Wochenende musste ich nicht nur zur Beerdigung meines Vaters nach Polen fahren, meiner Frau stand auch eine Operation bevor. Außerdem würde ein wertvoller, noch nicht eingelöster Gutschein meines Sohnes beim Spiele-Max genau an diesem Wochenende auslaufen. Das alles unter einen Hut zu bringen war allein schon unmöglich.

«Aber Sie wollten mir dieses Wochenende doch den Wintergarten fertig machen!», beschwerte sich die Politikerin.

«Ja, schon, aber ...»

«Herr Piotr! Ich weiß, Ihr Vater ist gestorben, und Ihre Frau liegt im Krankenhaus. Aber so etwas lässt sich doch einkalkulieren!»

«Also ich ...»

«So einen Schicksalsschlag kann man doch einplanen! Man muss sich nur gut organisieren. Aber das können wir Deutschen wahrscheinlich besser als ihr.»

Ich sagte nichts mehr und nickte ergeben. In solchen Momenten wünschte ich mir, nicht so viel Anstrengung auf die deutsche Grammatik verschwendet zu haben. Viel lieber hätte ich überhaupt nichts verstanden. Aber die Politikerin duldete keine Ausflüchte. Und was war schon die Beerdigung des eigenen Vaters gegen das Handwerkern in einem Wintergarten?

Polen und Deutsche sind in Bezug auf Schwarzarbeit nicht grundsätzlich verschieden. Auch in Polen nimmt man billige oder schwarze Arbeit theoretisch gerne in Anspruch. Aber in Polen hatte man zumindest damals meistens zu wenig Geld, um kleine Hausarbeiten oder Renovierungen an andere zu delegieren. Und es gibt noch einen zweiten Unterschied: Die Polen halten sich nicht trotzdem für hundertprozentig korrekt. Sie wissen, dass auf lange Sicht sowieso jeder bescheißt. Für Berufspolitiker gilt das besonders, denn anders als in Deutschland kann man in der polnischen Politik viel besser verdienen als in der freien polnischen Wirtschaft. Wer in der Politik ist, kann Netzwerke aufbauen und Bekannten Jobs besorgen. Kurz gesagt: abkassieren.

Die deutsche Politikerin allerdings schien zu glauben, die Welt werde desto besser, je mehr sie sich nach ihr persönlich richtete. Und ich konnte nicht anders, als zu denken: So ist es bei vielen Deutschen. Im Gegensatz zu den Polen glauben sie noch an Perfektion. Wenn alles nach ihnen läuft, dann wird alles auch automatisch immer perfekter. Die Deutschen sind überzeugt, die Welt planen und in Ordnung bringen zu können. Die Polen aber haben sich damit abgefunden, dass der Wahnsinn und das Chaos die Normalität sind.

An einem Freitagabend hatte ich keine Lust mehr.

Ich war immer noch mit dem Ferienhaus beschäftigt. Nach den Renovierungen sollte ich jetzt auch noch das Faxgerät der Politikerin anschließen.

«Kümmern Sie sich darum, Herr Piotr?», hatte sie gefragt und war in ihrem schwarzen Mercedes abgedüst.

Ich kann Faxgeräte weder verstehen noch leiden. Eine Stunde lang suchte ich nach dem passenden Kabel, drückte dann verzweifelt immer wieder auf den grünen Anschaltknopf, aber das Gerät gab keinen Mucks von sich. Nur ein rotes Lämpchen blinkte die ganze Zeit. Ich schlug mit der Faust auf das Gehäuse, zog den Stecker raus und steckte ihn wieder herein. Es knackte irgendwo innen. Das Blinken hörte auf. Mehr passierte nicht.

Ich baute mich vor dem Gerät auf und strafte es mit einem bösen Blick. Dann fuhr ich mir mit einer Hand über den Kopf, holte tief Luft und suchte nach einem Zettel. Ich fand nur ein gelbes Post-it. Darauf schrieb ich:

«Es tut mir leid, aber ich komme nicht mehr. Ich habe versagt.»

Ich klebte das Post-it auf das Faxgerät, überlegte noch einen Moment und wandte mich zur Tür. Irgendwie bekam ich plötzlich doch ein schlechtes Gewissen.

Also schrieb ich darunter:

«Tut mir leid und alles Gute aus Polen.»

Das war zwar Schwachsinn, fühlte sich aber besser an.

Socke im Abfluss hilft

Wenn zwei Wölfe aus dem polnischen Wald die Grenze illegal überqueren und auf der Suche nach einer Wölfin oder etwas Essbarem die deutschen Dörfer durchstreifen, dann ist es ziemlich wahrscheinlich, dass sie irgendwann aufeinandertreffen. Das hat nichts mit Zufall zu tun. Es liegt auch nicht daran, dass die Wölfe jeden einzelnen Winkel absuchen. Vielmehr hängt es damit zusammen, dass sich der soziale Hintergrund und die Erfahrungen der Wölfe so ähnlich sind. Oder man könnte auch sagen: Ein Wolf versteht einen anderen Wolf immer noch am besten.

Natürlich sind Polen keine Wölfe, und die polnische Kultur ähnelt auch in keiner Weise der eines Wolfs. Ein Wolf hat wahrscheinlich gar keine Kultur. Eine Ausreise aus Polen lässt sich auch nicht mit dem Ausbruch aus dem heimischen Revier vergleichen. Das alles wäre natürlich Unsinn.

Aber wir hatten ähnliche Gedanken. Wir verkehrten an ähnlichen Orten. Wir aßen ähnliches Futter. Und deshalb trafen wir irgendwann aufeinander.

Beide waren wir immer noch nicht so richtig in Deutschland angekommen. Beide fragten wir uns, wie das eigentlich gehen sollte mit dem Erfolg. Wir hatten das Gefühl, weder dumm noch unfähig, noch Idioten zu sein, nur hatte das noch niemand begriffen. Außer uns selbst. Wir fühlten uns irgendwie als *Bohème*. Nur, dass uns dazu alles fehlte, was das Bohème-Dasein normalerweise so schön macht: Geld, Ruhm und Partys. Wir hatten bloß freie Zeit.

Das Wort «Versager» war noch nicht in unseren Köpfen. Es war eher ein Rauschen im Hintergrund. Etwas, das wie ein Fremdkörper in unseren Adern floss und in unseren Gedanken spukte. Wie ein Gespenst, das man nie so richtig zu fassen bekommt, obwohl man ganz genau weiß, dass es da ist.

ADAM Das Erste, was ich über Piotr dachte, war: Wieso kriegt der Kerl eigentlich seinen Mund nicht auf? Und wieso machte er so einen garstigen Eindruck?

«Wer bist du? Woher kommst du? Was trinkst du? Was machst du? Was denkst du über Deutschland?», fragte ich.

Piotr antwortete: «Wir gründen Literaturzeitschrift.»

«Worum geht es da? Wer macht mit?»

«Um Literatur.»

«Da kann ich ja helfen! Die Zeitschrift könnte zum Beispiel zur polnisch-deutschen Verständigung beitragen.»

«Kann sein.»

«Wir könnten das polnisch-deutsche Leben in Berlin revolutionieren.»

«Na ja.»

«Oder wenigstens verändern. Beeinflussen.»

«Hm.»

«Wieso sind wir eigentlich nicht erfolgreicher?», fragte ich.

«Das weiß ich auch nicht. Ich glaube, es liegt an den Deutschen. Die lassen uns nicht.» Piotr musste lachen.

«Das ist wahrscheinlich nur eine billige Ausrede. Aber wie wird man überhaupt erfolgreich? Ehrlich, so richtig begreife ich das nicht.» Ich sah ernst in den Raum. Piotr kratzte sich das Mittagessen von der Stirn.

Wir dachten nach. Es war eine Zeit, in der Schlagersänger Millionen von Mark mit Zeilen wie *Herzilein, du musst nicht traurig sein* verdienten und Hersteller von zusammengepressten, frittierten Hühnchenteilen sich kaum vor Geld retten konnten. Wahlen wurden mit simplen Forderungen wie *Wohlstand für alle!* gewonnen. Es war schwer zu sagen, wieso der Erfolg überhaupt etwas Erstrebenswertes sein sollte.

Nach ein paar Wochen wurde die Literaturzeitschrift «Kolano» gegründet. Sie bestand im Wesentlichen aus einer Prise Dadaismus, zwei großen Löffeln Sarkasmus, einer Messerspitze Kitsch und einem Kilo Dilettantismus. Nach Geschmack verfeinert mit Naivität.

Die meisten Leser fanden die Zeitung dumm und konnten sie nicht einordnen, bewunderten jedoch, dass man dafür Fördergelder einstreichen konnte. Aber wir hatten gar keine Fördergelder bekommen. Für die meisten Geldgeber kamen wir von einem anderen Planeten, fern vom Sonnensystem hiesiger Vergabekriterien. Das größte Problem der Zeitschrift war allerdings nicht ihr Inhalt, sondern dass sie mehr Autoren als Leser hatte.

Immerhin: Bald waren wir nicht mehr allein. Wir waren nicht die einzigen herumstreunenden polnischen Wölfe. Mit uns trafen sich weitere Polen, die uns bei der Gründung der Zeitschrift halfen.

Da war zunächst Adalbert, ein schlaksiger Kerl, der von der polnischen Wurst besessen war. Er arbeitete seit Jahren an einem wissenschaftlichen Beweis dafür, dass die Wurst eigentlich von den Polen erfunden wurde. Weil sich kein seriöser Wissenschaftler fand, der ihn bei seiner Forschungsarbeit unterstützen wollte, schrieb er seit kurzem an einer Abhandlung über die polnische Wurst während der Schlacht um Wien von 1683, die den Titel «Die Schlachtung Wiens» tragen sollte. Adalbert war voller Ideen und Energie, nur wusste er nicht, wohin damit.

Außerdem Lukaszek, ein leidenschaftlicher Bach-Kenner. Er hatte seine langen, tiefschwarzen Haare zu einem Zopf gebunden und lag deshalb im ständigen Streit mit seiner Mutter, die noch in Polen lebte. In jedem Brief oder Telefonat verlangte sie einen Fotobeweis, dass sich Lukaszek die «schlimmen» Haare endlich abgeschnitten hatte. «Lukaszku», schrieb sie ihm immer wieder, «runter mit dem Mädchenhaar! Wie lange muss ich mich noch für dich schämen? Unser Pater fragt ständig nach dir. Was soll ich dem guten Pater denn erzählen?» Lukaszek hielt seine Mutter seit drei Jahren hin und hatte sie in dieser Zeit kein einziges Mal besucht. In unserer Runde hatte er schon mehrmals den Vorschlag gemacht, wir sollten ein polnisches Bach-Streichquartett gründen. Die Idee fanden alle gut. Sie hatte nur einen klitzekleinen Haken: Niemand von uns spielte ein Instrument. Nicht mal Lukaszek. Wir konnten nur Ausdruckstanz.

Die einzige Frau der kleinen Gruppe war Ina. Genau wie Lukaszek sah sie eher spanisch aus, niemand hätte sie auf der Straße für eine Polin gehalten. Meistens trug sie Röcke in fröhlichen Farben. Im Gegensatz zu mir hatte sie ihr Soziologiestudium zu Ende gebracht, fand aber keinen Job. Nun konnte sie wunderbar theoretisch über die Gesellschaft reden, die ihr eine Stelle verweigerte. Wenn sie einmal in Fahrt gekommen war, fiel es den anderen schwer, ihr zu folgen. Wir Männer waren von ihren Monologen eingeschüchtert, deshalb trauten wir uns nicht, sie zu bremsen. Unsere Bremsklötze waren dafür sowieso zu schwach.

Und dann war da noch Rafael, ein großer, ständig schwarz gekleideter Kerl, der die meiste Zeit finster dreinblickte. Ihm war nicht nur eine Laus über die Leber gelaufen, sondern eine ganze Herde. Oder besser gesagt: Auf seiner Leber feierte permanent eine riesige Population von Läusen Party. Meistens beschränkte er sich darauf, ab und zu «Hmpf» zu machen, wobei er nuschelte wie ein mampfendes Pferd. Man wusste nie genau, ob er nun «Hmpf» gesagt oder nur den Rotz in seiner Nase hochgezogen hatte. Daran konnten auch die zahlreichen Wodka, die er währenddessen in sich hineinschüttete, nur wenig ändern. Der Alkohol hatte bei ihm nur einen einzigen Effekt: Er verkürzte den Abstand zwischen einem «Hmpf» und dem nächsten geringfügig, das heißt um ungefähr drei Sekunden.

Niemand war böse, weil Rafael sich nicht an Diskussionen beteiligte. Im Gegenteil wirkte er für uns andere fünf Polen wie ein ernster Hintergrund, durch den alle Treffen melancholischer und tiefsinniger erschienen. Wie ein schwermütiges, aber geniales, dunkles Gemälde, das hinter uns an der Wand hing und allem eine ernste Bedeutung verlieh.

Wir hatten schon ein paar Monate lang zu sechst immer wieder zusammengesessen. Diesmal lag etwas in der Luft, ich konnte es förmlich spüren. Entweder würde sich die Gruppe plötzlich wie Wasserdampf auflösen und bald abkühlen. Oder es würde etwas Neues, Schweres entstehen. Ungefähr wie bei einer Elefantenschwangerschaft. Eine dritte Möglichkeit gab es nicht.

«Wenn wir den Deutschen das mit der Schlachtung Wiens klarmachen könnten», sagte Adalbert, «dann wäre das schon mal etwas.»

«Hmpf», machte Rafael. «Wien interessiert doch keinen.»

«Wahrscheinlich kommen wir deshalb zu nichts», sagte Piotr, «weil wir zu viel über Wien nachdenken.»

«Wir müssen uns irgendwie organisieren», versuchte ich, die Energie der Gruppe zu kanalisieren.

In diesem Augenblick holte Ina hörbar Luft. Alle waren darauf vorbereitet, jetzt von ihr eine Lehre erteilt zu bekommen. Die polnischen Männer duckten sich.

«Leute, es ist ganz einfach», sagte Ina. «Es ist doch allgemein bekannt, wie das in Deutschland läuft. Wenn wir eine Gruppe sein wollen, dann müssen wir erst mal einen Verein gründen. Sonst läuft gar nichts. Und einen Verein können wir nur gründen, wenn ... Na, ratet mal?» Sie sah in die Runde.

«Hmpf», machte Rafael.

«... wir eine neue Wiener Wurst erfinden?» Adalbert schien seine Antwort ernst zu meinen, lachte dann aber auf.

«Nein. Jetzt hör doch endlich mal auf mit der Wurst. Für einen Verein brauchen wir einen Namen. Sonst können wir's gleich vergessen.»

Sie hatte recht. Es dauerte zwar noch ein paar Minuten, aber dann hatten es auch alle anderen eingesehen. Ein Name war notwendig, also mussten wir einen Namen finden.

Stundenlang zerbrachen wir uns den Kopf. Allerdings ist nicht klar, was die Beteiligten mehr Gehirnzellen kostete: das Nachdenken oder der nebenher konsumierte Wodka. Trotzdem, nach vielen nur halb ernst gemeinten Vorschlägen wie «Die Retter Polens», «Die Spree-Polacken», «Rosomak – die Vielfraße», «Bund der polnischen Polen» oder «Die Popolen» und ebenso vielen Ermahnungen an Adalbert, der Name müsse nicht unbedingt das Wort «Wien» enthalten, war die Stimmung im Keller.

«Wie sollen wir einen Verein gründen, wenn wir es noch nicht mal schaffen, dafür einen Namen zu finden?», fragte ich in die Runde.

Es ist heute nicht mehr festzustellen, wer darauf antwortete. Aber irgendjemand aus der Gruppe sagte plötzlich: «Auch darin haben wir also versagt. Wieso nennen wir uns dann nicht die ‹Polnischen Versager›? Oder den ‹Bund der polnischen Versager›? Mit einem deutschen ‹e. V.› hintendran?»

Das Wort Versager wirkte wie eine Befreiung. Endlich war es raus, und endlich war es auch irgendwie egal. Dann waren wir eben Versager. Es stimmte vielleicht, aber es hatte nichts weiter zu bedeuten. Wir mussten nicht mit perfekten Menschen mithalten. Alle Anwesenden fühlten sich gleichermaßen vom Zwang zum Erfolg genervt. Die Forderung nach Perfektion und Leistung ist nichts anderes als eine Folter für die Mehrheit der Mittelmäßigen. Eine unnötige Qual. Das Versagen kann neue Energien freisetzen.

Es war paradox: Als wir uns selbst Versager nannten, fühlten wir uns plötzlich erfolgreich. Oder wenigstens so erleichtert wie jemand, der tatsächlich erfolgreich war. Das Versagen nahm ein ungeheures Gewicht von unseren Schultern.

Der versierteste Theoretiker unter uns verfasste sofort das **Manifest der polnischen Versager:**

Unsersgleichen gibt es nicht viele in der Stadt.
Ein paar nur, vielleicht einige zehn.
Der Rest, das sind Menschen des Erfolgs,
kühle und kaltblütige Spezialisten –
was immer sie auch tun, das tun sie bestens.

Wir – die Schwachen, weniger Begabten,
können kaum etwas erwirken;
die Milch versuchen wir in der Apotheke zu kaufen
und bei der Friseuse ein halbes Kilo Käse.
Autos hupen uns an,
wir stolpern auf dem geraden Wege,
immer wieder treten wir in die Hundescheiße,
bloß es will und will uns kein Glück bringen.

Wir lassen den Terror der Vollkommenheit jener anderen über uns ergehen.
Ihre Gegenwart schüchtert uns ein.

Denen ist es nur recht so, denn sie leben in der Angst,
das Schaffensmonopol, das sie für sich reklamieren, zu verlieren.

Wir sind geneigt, ihren Vorrang anzuerkennen, dennoch wollen wir Schöpfer bleiben, und zwar nach unseren Möglichkeiten, auf einem niedrigeren Niveau.

Das Manifest wurde von der Gruppe mit Begeisterung aufgenommen.

Nicht so begeistert war allerdings der städtische Angestellte beim Amtsgericht, wo wir den Verein eintragen lassen wollten. Ina hatte an diesem Vormittag keine Zeit. Es waren also fünf dunkel gekleidete polnische Männer, die gleichzeitig ein klitzekleines Büro betraten. Der Beamte schreckte im ersten Moment zurück und fühlte sich bedroht.

«Hallo», stotterte er, «also Sie wollen ... ein Gewerbe anmelden? Habe ich das richtig verstanden?» Seine Hände zitterten.

«Genau. Wir wollen einen Verein gründen», sagten die fünf polnischen Männer wie im Chor.

«Unter welchem Namen bitte?»

«Club der polnischen Versager.»

Vielleicht war es die plötzliche Erleichterung, vielleicht überkompensierte er auch nur seine Angst, jedenfalls begann der Beamte plötzlich zu kichern und hörte gar nicht mehr damit auf.

«Versager ...», kicherte er.

«Das ist der Name des Clubs», erläuterte ich.

«Und was ist der Zweck des Vereins?»

«Wir wollen die deutsch-polnische Freundschaft fördern.»

«Aha, na so ein nobles Ziel.»

«Ja, natürlich», sagte ich.

«Hmpf», machte Rafael.

«Das ist wirklich komisch. Aber ich muss hier leider etwas Ernsthaftes eintragen. Sonst wird das nichts. Ich kann hier keine Witze reinschreiben.»

«Wir machen keine Witze. Oder finden Sie das Grundgesetz witzig?» Wieder klang es wie aus einem Mund.

«Ach so, ihr seid also wirklich Versager!», kicherte der Beamte. Aus einer Schüssel neben seinem Bildschirm nahm er sich einen gelben Nimm-2-Bonbon und bot auch uns welche an. «Nennen Sie sich auch gegenseitig Versager?», fragte er.

Das Gespräch dauerte ziemlich lange. Irgendwann fiel mir auf, dass der Beamte entsetzlichen Mundgeruch hatte. Obwohl ich zwei Meter weit von ihm weg saß. Auf Polnisch sagt man in solchen Fällen: Sein Atem ist sauer wie für einen Ziegenschwanz. Was ungefähr so viel bedeutet wie: Würde der Mann einen Ziegenhintern anhauchen, dann liefe die Ziege vor Schreck um die ganze Welt.

Aber am Ende wurde es doch etwas mit der Registrierung. Vielleicht lag das daran, dass Adalbert und Lukaszek irgendwann aufstanden und sich drohend vor dem Schreibtisch aufbauten. Oder es war nur Glück. Auf alle Fälle waren wir jetzt amtlich. Das hatten wir geschafft.

Da wir uns aber nicht ausschließlich in Kreuzberger Kneipen treffen wollten, fehlte jetzt noch eine passende Räumlichkeit. Ein Ort, wo man polnische Lesungen hören, polnische Filme sehen und aus vollem Halse polnisch sprechen konnte. Der Raum sollte schalldicht sein, sagten die einen, vor allem gemütlich und nicht zu teuer, sagten die anderen. In Berlin-Mitte, sagten alle. Ein billiges Ladengeschäft in Berlin-Mitte. In den neunziger Jahren war das noch nicht utopisch.

«Das wird doch ein Butterbrot», sagte ich. Im Polnischen steht «Butterbrot» für alles, was einfach und leicht ist. Dass es einfach werden würde, glaubte ich zwar nicht, aber zwischen Piotr und mir hatte sich bereits eine Art Arbeitsteilung in der Sicht auf die Dinge herausgebildet. Er sah immer gerne zuerst die negative Seite, und ich bemühte mich gegenzusteuern.

«Butterbrot. Aber eins, das sich kaum beißen lässt», fügte Piotr hinzu.

«Quatsch, das schaffen wir mit links», rief ich.

Aber weit gefehlt. Der Weg zum eigenen Laden war steinig. Viele Vermieter, Hausverwaltungen oder Erbengemeinschaften waren durch den Namen des Vereins abgeschreckt. Wer möchte auch die Versager bei sich wohnen haben? Oder die Räume waren schön, die Miete günstig und der Vermieter freundlich, der Haken war nur: Die Renovierung hätte hunderttausend Mark gekostet.

Mit letzter Kraft und mehr aus Verzweiflung erkundigten wir uns schließlich bei einer großen Immobilienfirma, den Herrschern über die letzte freie Immobilie in der Torstraße in Berlin-Mitte. Wir waren auf eine Begegnung mit rücksichtslosen Immobilienhaien gefasst. Doch sie waren nett. Wie die richtigen Haie, die nur Kranke und Schwache fressen. Nach einer halben Stunde hatten wir einen Mietvertrag in der Tasche.

Es gab einen großen und einen kleineren Raum. Außerdem eine klitzekleine Küche, in der es nach feuchtem Kalk roch. Aus dem Hahn kam nur kaltes Wasser. Dafür funktionierten die Heizkörper. Neben der Eingangstür befand sich ein großes Fenster. Darüber montierten wir wenig später ein riesiges Schild mit dem Titel «Club der polnischen Versager».

Die Bar war noch nicht fertig, und wir hatten auch noch keine Getränke auf Lager, da klopften schon Scharen von Deutschen.

«Ich bin auch ein Versager», sagten sie zum Beispiel, «darf ich reinkommen?»

Oder: «Bei euch fühlt man sich so wohl. Hier muss man endlich nicht mehr erfolgreich sein.»

Einige fragten auch: «Ist der Club nur für Polen?», aber das waren nur wenige.

Jeder, der sich im Club aufhalten wollte, konnte einen Mitgliedsantrag ausfüllen und gehörte sofort dazu. Das war das Konzept: offen für alles und jeden.

Nach zwei Wochen Clubbetrieb hatten wir zehn offizielle Mitglieder, neun Polen und ein Japaner – und kaum noch Geld. Die Miete war sehr teuer. Also war die erste Mitgliederversammlung gleich eine Krisensitzung.

«Lasst uns den Mietvertrag kündigen, das ist doch in den ersten zwei Wochen möglich», rief einer.

«Wo reiten wir uns da hinein?», fragte Piotr.

«Was machen wir bloß?», zitterte Lukaszek.

Solche schwerwiegenden Fragen kreisten im Raum. Die Mitglieder wollten sich in ihr kleines polnisches Schneckenhaus zurückziehen, damit nicht etwas noch Schlimmeres passierte.

Doch kurz vor Ende der Sitzung kam uns der Zufall zu Hilfe. Vielleicht handelte es sich auch um die Hilfe Gottes, der seine schützende Hand über uns hielt. In Polen ist das übrigens nicht nur eine Redensart. Die Hand Gottes ist für einen Polen oft so real wie die Hand des eigenen Vaters.

Jedenfalls hatte der Nachbar von oben wieder geduscht. Man konnte ihm das nicht übel nehmen, der Tag war heiß gewesen und er wollte sich erfrischen. Wieso er allerdings in der Dusche noch Socken trug, das ist bis heute nicht klar. Jedenfalls verfing sich ein Socken im Rohr, verstopfte den Abfluss und verursachte einen Abflussriss. Dadurch wurde sein warmes, nach *Axe* duftendes Duschwasser auf kürzestem Wege nach unten geleitet. Wasser ist unberechenbar, fließt aber niemals nach oben.

Ich hob gerade zu meinem Abschlussplädoyer an, da begann es, aus der Decke zu tropfen.

«Wir müssen weitermachen!», sagte ich und ballte die

Fäuste zusammen. Neben mir tropfte das Wasser auf den Boden.

Wie hypnotisiert starrten die Sitzungsteilnehmer an die Decke. Es war still wie in Wimbledon kurz vor dem Matchball.

«Wir sind kurz vor dem Durchbruch!», rief ich und begann, auf und ab zu marschieren.

In diesem Augenblick krachte der Putz von der Decke auf den mit Auslegware bedeckten Fußboden. Genau in die Mitte des Raums. Dort, wo ich gerade noch gestanden hatte. Der Matchball war gefallen. Die anderen blieben nur deswegen unverletzt, weil sie auf dem einzigen Möbelstück saßen: auf dem Heizkörper, am Fenster.

Von dem chaotischen Anblick verstört, gingen wir alle nach Hause, ohne uns voneinander zu verabschieden oder aufzuräumen. Niemand wusste, wie es weitergehen sollte. Vielleicht würde der nächste Tag eine Lösung bringen. Oder der übernächste. Vielleicht gab es keine Lösung.

Ein nasser Socken hatte den polnischen Versagern den Todesstoß versetzt. Dachten wir jedenfalls.

Aber dann drehte sich der Unfall in einen Glücksfall um. Wegen des Wasserschadens gab uns der Vermieter großzügigerweise drei Monate mietfrei. Das war genau die Zeit, die der Club brauchte, um sich halbwegs zu etablieren.

Das Wässerchen

Es gibt Deutsche, die sich männlich, todesmutig oder wahnsinnig vorkommen, wenn sie ein Wodkaglas in die Höhe halten und in die Runde fragen: «Auf ex?» Als wir das zum ersten Mal hörten, dachten wir: auf die Exfreundin? Wer will auf die Exfreundin trinken? Adam rätselte, ob es «Hexe» geheißen hatte, aber wer trank heute noch auf die Hexen? Piotr glaubte, es könne auch eine «Echse» gemeint sein, vielleicht weil man dem Wodka in Deutschland irgendein berauschendes Echsensekret beigemischt hatte.

Den Ausdruck «auf ex trinken» gibt es im Polnischen nicht. Man kann sich nämlich gar nichts anderes vorstellen – Wodka wird immer auf ex getrunken. Und zwar nicht aus Schnapsgläsern, sondern in einer Menge von 10 cl, also 0,1 Litern. In einer polnischen Kneipe war es in kommunistischen Zeiten kaum möglich, weniger als 0,1 Liter zu bestellen. Wer versucht hätte, eine in Deutschland übliche Schnapsmenge von 2 cl zu bestellen, wäre ausgelacht und aus dem Haus gejagt worden. Zum Wodka gab es meistens einen Hering auf einem kleinen Teller. Im Kommunismus waren nicht nur alle gleich, sondern alle auch gleich betrunken. In jedem Fall der männliche Teil der Bevölkerung. Wenn der Wettbewerb schon nicht wirtschaftlich ausgetragen werden konnte, dann wenigstens beim Trinken. Jeder versuchte, den anderen unter den Tisch zu trinken, und so endeten die wichtigsten Feste von Neujahr bis Weihnachten meistens dort: unter dem Tisch.

Wodka war die einzige Währung mit gleichbleibendem Wert. Wie man einen Handwerker mit einer Flasche Wodka bezahlte, so revanchierte man sich auch bei einem Arzt für die gelungene Operation: mit einer Flasche Wodka. Vom Universitätsprofessor bis zum Pferdekutscher trank jeder Wodka, und der Wodka hatte unzählige Namen: Olive, Petrol, Wasser des Lebens, Tod des Chirurgen, Feindin, Träne des Dorfschulzen, Gas oder einfach nur «alter Freund». Auf Hochzeiten galt als Faustregel: eine Halbliterflasche Wodka pro Person. Frauen und Kinder mitgerechnet. Man konnte auf alles trinken: auf die Liebe, auf die Trennung, auf den Klassenfeind oder auf die Freundschaft. Nur nicht auf die Homoehe.

Um den Alkoholkonsum einzudämmen, kam die polnische Regierung irgendwann auf die Idee, dass man Wodka nur noch in Verbindung mit einem Pflichtessen servieren durfte. So kreiste in den Kneipen oft stundenlang ein einziger Alibi-Hering oder dieselbe Alibi-Brotscheibe umher, ohne dass sie von einem Gast angerührt wurden. Dann hieß es, Wodka dürfe erst nach dreizehn Uhr eingeschenkt werden, und fortan sah man Gäste mit einer Colaflasche und einer durchsichtigen Flüssigkeit darin an der Bar sitzen. Der Wodka war die nationale Betäubung, das Versprechen auf eine bessere Zukunft, auch wenn sie immer verschwommener wurde und man sie kaum noch erkennen konnte. Bier trank man dagegen nur, wenn man mit einer Grippe im Bett lag.

Viele Deutsche halten den Wodka in Polen für ein Klischee. Aber es war sogar noch schlimmer. Ein Großteil der Polen war alkoholkrank und trank, wie es in solchen Fällen hieß, mit dem Spiegel. Eine Zeitlang war es üblich, dass die Frauen den Lohn ihrer Männer am Monatsanfang in bar bei der Fabrik abholten, weil sie Angst hatten, dass ihre Ehemänner sonst mit dem Geld «in den Wald gehen» würden. Das bedeutete: den ganzen Monatslohn in drei Tagen versaufen, ohne auch nur ein einziges Mal nach Hause zu kommen.

Der Wodka belastete aber nicht nur die Beziehung zwischen den Eheleuten, sondern auch zwischen den Nationen. Zwar gab es zwischen Russen und Polen immer schon viele Streitfragen. Etwa darüber, wer damals die Fahne über dem Reichstag geschwenkt hat, oder darüber, wer die besseren Pierogi macht. Aber kein Streit weckt so tiefe Emotionen wie die Frage, wer eigentlich den Wodka erfunden hat. Je nach Wodkakonsum wird dieser Streit mit immer weniger zeitgeschichtlichen Argumenten und umso mehr Körpereinsatz geführt. Wie viele Kopfverletzungen von Polen und Russen letztlich auf eine Uneinigkeit in dieser Frage zurückgehen, ist ungewiss. Fest steht nur: Die Polen haben recht. Die erste amtlich bestätigte Destillation eines Wodkas fand jedenfalls im Jahr 1405 in der Stadt Sandomierz statt (heute im zentralen Polen).

Als wir nach Deutschland kamen, waren wir überrascht, dass Wodka hier kaum verbreitet war und niemand etwas von der ersten industriellen Destillieranlage in Lemberg (damals im zentralen Polen) gehört hatte. Wodka hatte in Deutschland einen noch schlechteren Ruf als der billigste Korn. Wodka war für die Deutschen kein Genuss-, sondern bloß ein Betäubungsmittel knapp über dem Spiritus. Nur

Penner und Schwachsinnige versüßten sich damit ihre Abende.

Nach der Wende dauerte es jedoch nicht lange, bis auch der Wodka als Luxusprodukt entdeckt wurde. Inzwischen kann man leicht über hundert Euro für eine einzige Flasche ausgeben, Bruce Willis wirbt in Amerika für die Marke Sobieski-Vodka, und in Berlin hört man immer öfter den Spruch: Ich trinke eigentlich nur Belvedere. Damit wollen die Deutschen sagen: Nur das Beste ist ihnen gut genug. Leider trinken sie den Belvedere dann trotzdem in kleinen Schlucken.

Aber auch in Polen haben sich die Trinkgewohnheiten verändert. Wodka dient jetzt nicht mehr nur der vulgären Betäubung, sondern drückt einen Lifestyle aus. Es gibt Wodkakenner, Wodkaverkostungen, Wodkakeller und emotionale Diskussionen darüber, welcher Wodka in jedem Jahr der beste ist. Im Prinzip ist es genau wie mit dem Wein in Frankreich. Nur mit der fachgerechten Beschreibung von Geschmack, Bukett und Wirkung eines Wodkas ist man noch nicht weit fortgeschritten. Ein Wodka muss nicht atmen, und er hat auch keinen vollen Körper. Dass er im Abgang torfig nach Waldhimbeeren schmeckt, lässt sich auch nicht unbedingt behaupten. Das erhabene Gefühl beim Genuss eines guten Wodkas hat wohl am ehesten noch mit einem Pferdetritt in den Hinterkopf zu tun. Oder mit dem Abtauchen auf den Meeresgrund.

Immer häufiger wird der Wodka in Polen aber mit Säften verunreinigt. In Cocktails und Longdrinks. Orthodoxe Wodkaliebhaber protestieren gegen solche Verwestlichung. Aber den Polen ist es in Wirklichkeit ganz egal, woher ihr Cocktail kommt und wie er aussieht. Hauptsache, er raubt möglichst schnell das Bewusstsein. Einer der beliebtesten Drinks ist deshalb auch seit Jahren das «Polski U-Boot», ein Gebräu, das eigentlich nur aus zwei Zutaten besteht: Bier und Spiritus. Meistens fährt das «Polski U-Boot» direkt in den Marianengraben.

Fünf Tänzerinnen und ein Waschlappen

ADAM Die Clubgründung war gerade mal sechs Wochen her, da kam es auch schon zu der ersten Stripteaseszene. Eine Unterhose flog durch die Luft, ein T-Shirt lag bereits auf dem Boden, und fünf Tänzerinnen riefen: «Ausziehen! Ausziehen! Ausziehen!»

Aber der Reihe nach.

Ein paar Wochen nach der Eintragung unseres Vereins fanden die ersten kulturellen Veranstaltungen im Club der polnischen Versager statt. Unter anderem eine Ausstellung, welche das verstrickte Verhältnis der Geschlechter zum Thema hatte. Die Exponate waren aus Stoff: Eine Performance-Künstlerin namens «Lena» hatte mehrere ihrer Freundinnen gebeten, das Geschlechtsteil ihrer letzten Liebhaber aus dem Gedächtnis nachzuhäkeln. Das Resultat war bunt und in vielen Fällen unwahrscheinlich schmeichelhaft. Die Ausstellung sah aus wie eine Kollektion von gehäkelten Stoffwürsten. Kein Wunder also, dass Adalbert sich kaum noch einkriegte. Stundenlang redete er vom «phallischen Aspekt» in der «Schlachtung Wiens» und behauptete, der Verzehr von Würsten sei der unterschwellige Motor in jeder gesellschaftlichen Entwicklung. Irgendwann behauptete er sogar, dass Sigmund Freud eigentlich Pole gewesen sei und eine unterforderte Hausmagd dessen – natürlich inzwischen verschollene – polnischen Originalschriften ins Deutsche übersetzt habe.

Eine Woche nach den Stoffwürsten war die erste musikalische Darbietung an der Reihe. Sie trug den Titel: «Ein Konzert für minderwertige Rassen.» Es handelte sich um ein Konzert für Hunde. Anwesend waren allerdings nur genau vier Exemplare dieser Spezies. Ein goldgelber Cockerspaniel, ein gefleckter Basset Hound, ein dunkelbrauner Dackel und ein hellgrauer Terrier. Der Terrier und der Cockerspaniel waren nach zehn Minuten eingeschlafen und schnarchten laut, aber unrhythmisch. Der Basset Hound kratzte sich mühsam mit einer Pfote hinter den Ohren, und der Dackel fing an zu kläffen, bis der Besitzer ihn auf den Arm nahm und nach draußen brachte. Die Veranstaltung war ein voller Erfolg.

Obwohl keiner von uns über Erfahrung hinter der Bar oder als Clubbetreiber verfügte, lief der Laden ganz gut und war meistens voll. Und selbst wenn nur wenige Gäste da waren, wurde überdurchschnittlich viel getrunken, und es kam ein bisschen Geld in die Kasse. Es dauerte jedoch nicht lange, bis uns dämmerte, dass Erfahrung auf einem anderen Gebiet noch viel wichtiger gewesen wäre. Nämlich auf dem Gebiet der Psychologie. Denn nicht nur die nächtlichen Begegnungen im Club wurden immer seltsamer, sondern auch wir selbst.

Nach einiger Zeit fingen Piotr und ich zum Beispiel damit an, kleine Filme zu drehen. Warum wir das taten, das konnten wir selbst nicht genau sagen. Wir wussten nur, dass wir es tun mussten. Vielleicht lag es daran, dass wir an den Nachmittagen im Club zu viele Nachrichten gesehen hatten. Oder wir hatten einfach nur den Verstand verloren. Jedenfalls stellten wir meistens Interviews nach.

Wir packten eine Kamera, ein paar Kostüme und zwei Sessel ins Auto und fuhren an irgendeinen passenden Ort. Zu einem geschichtsträchtigen Gebäude. Oder einfach dorthin, wo wir von niemandem gestört wurden. Wir stellten die Kamera auf ein Stativ, drückten den Selbstauslöser und setzten uns auf die beiden Sessel.

Ich spielte einen neugierigen, eitlen Journalisten und hielt Piotr das Mikrophon vor die Nase. Piotr war verkleidet und mimte eine bedeutende Person der Zeitgeschichte. Zum Beispiel Ursula von der Leyen. Oder Darth Vader.

Ich fragte zum Beispiel: «Frau von der Leyen, was tun Sie für Ihr Ministerium?»

Piotr rückte seine Perücke zurecht und antwortete: «Ich danke Ihnen für diese wichtige Frage. Wir müssen in der Hauptsache versuchen, die Arbeitslosigkeit wieder attraktiv zu machen. Den Arbeitsämtern laufen die Kunden weg. Dagegen müssen wir etwas tun. Jeder, der sich für die Arbeitslosigkeit entscheidet, bekommt ab sofort eine Prämie.»

Oder ich fragte: «Herr Vader, was halten Sie von dem amerikanischen Raketenabwehrschirm in Polen?»

Piotr schnarchte möglichst bedrohlich hinter der schwarzen Maske und antwortete: «Aus meiner Sicht ist der Abwehrschirm illegal. Das Imperium hat einen exklusiven Vertrag zum Schutze der Erde.»

Das Ganze nannten wir «Gespräch mit einem interessanten Menschen».

Daneben produzierten wir Woche für Woche die «Leutnant-Show mit Adam Gusowski und Piotr Mordel». Das hieß, wir saßen auf der Bühne und besprachen Themen wie *Die 10 lustigsten Polenhasser des 21. Jahrhunderts; Der*

Polanski-Komplex; Die polnisch-österreichische Nachbarschaft; Krise als Chance; Immer Ärger mit den Russen; XY – ungelöst, heute: der Mauerfall; Die deutsche Kartoffel – woher kommt sie wirklich? oder Polish Jazz contra Kraut-Rock.

«Wieso Leutnant-Show, wenn ihr keine Uniformen anhabt?», fragte jedes Mal jemand aus dem Publikum.

«Wir haben die deutsche Sprache mühsam gelernt», erläuterte ich dann. «Deshalb soll sie nicht durch Anglizismen kaputt gemacht werden. Sonst war die ganze Mühe ja umsonst! Late-Night haben wir also zu Leutnant eingedeutscht.»

Wir waren froh, etwas für die Erhaltung der deutschen Sprache getan zu haben. Erst viel später fiel uns auf, dass auch das Wort «Show» bereits einen Anglizismus darstellte. Konsequenterweise hätte es natürlich «Leutnant-Schau» heißen müssen. Aber niemand ist perfekt, schon gar nicht ein Versager.

An einem Freitagabend war eine Gruppe von außerordentlich hübschen Tänzerinnen zu Besuch. Während sie sich mit grazilen Bewegungen vor der Bühne niederließen und ihre Apfelschorlen tranken, saßen wir an der Bar und überlegten, was der Abend noch bringen würde.

Vielleicht würde Michael, ein etwa siebzigjähriger und herzlicher Mann, wieder einmal vorbeikommen. Er setzte sich meistens direkt an den Eingang und erzählte jedem, der es nicht wissen wollte, von seinem fanatischen Hass auf die Stechhühner. Oder unser alter Freund Herbert, der Puppenspieler, würde spontan eine kleine Vorstellung mit seinen beiden Handpuppen «Freddie» und «Susi» geben und sich dabei selbst auf dem Klavier begleiten. Da er dazu meistens auch noch sang, war von dem Dialog zwischen «Susie» und «Freddie» nur selten mehr zu verstehen als

«Njanjanja. So ist das also bei dir. Aha», «Susi, das hab ich dir doch gesagt!» oder «Also Freddie! Also wirklich!». Wir begriffen nicht, warum er immer wieder das gleiche Puppenspiel aufführte, aber wir mochten Herbert, und er gehörte inzwischen schon fast dazu. Es konnte auch sein, dass sich die Pendlerin Sabina, nachdem sie die Eingangstreppe gependelt hatte, wieder zu uns hereintrauen würde oder Jan-Hendrik, der in seinem dunkelblauen Anzug auch abends noch aussah wie ein Versicherungsvertreter im Dienst, jedoch jedem glaubhaft versicherte, dass er in der falschen Spezies geboren und in Wirklichkeit ein Zebra sei.

Kurzum, es versprach ein ganz normaler Abend im Club zu werden.

Mit Rafael unterhielten wir uns über polnische Frauen und deutsche Männer. Dieses Thema beschäftigte uns schon seit langem, denn überall war viel über deutsche Männer und polnische Frauen zu lesen, nur wenig jedoch über polnische Männer und deutsche Frauen. Es gab Agenturen, die Kataloge mit hübsch angerichteten polnischen, ukrainischen und russischen Frauen herausgaben, aus denen sich der deutsche Mann eine Heiratskandidatin aussuchen konnte. Umgekehrt konnte man aber lange vergeblich nach einem Katalog mit deutschen Frauen für polnische Männer suchen.

«Ein polnischer Mann sieht eine deutsche Frau eben nicht einfach so als eine Ware an, die man bestellen kann. Ein Pole ist dafür viel zu anständig!», behauptete ich vollmundig. Zur Bestätigung schlug ich mit der Faust auf den Tisch. Darauf tranken wir.

Rafael sah uns an, ohne etwas zu sagen. Er schüttelte nur mit dem Kopf.

Piotr drehte sich zu ihm um: «Rafael, was meinst du denn dazu?»

«Hmpf», machte Rafael und zuckte mit den Schultern. Er war nicht gerade der ideale Gesprächspartner.

«Polnische Frauen, deutsche Frauen, blabla. Eigentlich kann ich das nicht mehr hören», seufzte Piotr. «Das klingt alles zu sehr nach Fußball. Als wären wir alle in einer Mannschaft. Aber Erotik ist doch etwas ganz anderes als Fußball. Jawohl!»

«Du alter Erotomane», meckerte ich.

«Piotr hat recht», rief Rafael dazwischen. «Anstatt über die Frauen zu reden, sollten wir lieber mit ihnen tanzen!»

Wir sahen zu den Tänzerinnen hin. Sie kamen meistens einmal in der Woche, um sich nach einer langen Tanzstunde zu entspannen. Dann war der Club fest in den Händen von jungen Frauen in dünnen Leggins und dicken, bunten Stulpen. Lukaszek hatte schon mehrmals versucht, sie für Bach zu interessieren. Aber die Tänzerinnen interessierten sich für nichts außer Choreographie. Sie saßen in kleinen Grüppchen und unterhielten sich über irgendeine Schrittfolge, eine Bewegung oder einen ihrer letzten Auftritte. An sie heranzukommen war aussichtslos.

Wir diskutierten noch einige Zeit weiter, ohne groß zu bemerken, dass Rafael die Bar verlassen hatte. Plötzlich bekamen wir mit, dass neben uns irgendetwas vor sich ging. Rafael stand in der Mitte der Tanzfläche und war weitläufig von den Tänzerinnen umringt. Sie klatschten und feuerten ihn an, einige von ihnen riefen: «Ausziehen, ausziehen!» Ich war ehrlich überrascht, dass Rafael sich so rhythmisch bewegen konnte. Nur: Was zum Teufel hatte er eigentlich vor?

Da sprang Rafael mit einem Satz auf die Bühne, wand

seinen Oberkörper, beugte sich nach vorne, und schon hatte er seinen Rollkragenpullover ausgezogen. Darunter trug er ein weißes T-Shirt. Vielleicht ist es in diesem Zusammenhang nicht unwichtig zu erwähnen, dass Rafael weit über hundertzwanzig Kilo wog.

Die Tänzerinnen kreischten, als er sich auch des T-Shirts entledigte und seinen stark behaarten Oberkörper präsentierte. Halbnackt setzte er seine lasziven Bewegungen fort. Seine weißen Schultern glänzten vor Schweiß im Scheinwerferlicht. Der übliche missgelaunte Ausdruck war von seinem Gesicht verschwunden. Er drehte eine schwerfällige, aber charmante Pirouette und beugte sich dann zu seinen Turnschuhen herunter.

«Jetzt geht's ans Eingemachte», flüsterte Piotr.

Rafael hatte einige Schwierigkeiten mit den Schnürsenkeln und kippte fast vornüber, bis schließlich die Schuhe vor der Bühne landeten und seine weißen Socken zum Vorschein kamen. Die Tänzerinnen hielten den Atem an. Nur eine von ihnen kreischte kurz auf, als Rafael die Socken in ihre Richtung warf. Als er versuchte, seine viel zu enge Jeans im Stehen herunterzuziehen, wurde es plötzlich ganz still im Raum, und Piotr wandte sich ab. Ich schloss die Augen.

Für einen Augenblick hörte ich nichts. Dann das erschrockene Einatmen der Tänzerinnen, gefolgt von einem langen, entspannten Aufstöhnen Rafaels und einem Plätschern. Wie von Wasser, das auf die Bühne gegossen wurde. Die jungen Frauen kreischten wieder, diesmal aber besonders laut und besonders hoch. Stühle wurden umgestoßen.

Ich wartete eine halbe Minute, dann öffnete ich die Augen.

Die Tänzerinnen flohen nach draußen. Innerhalb von Sekunden war der Raum nahezu leer.

«Das Arschloch hat auf die Bühne gepinkelt!», rief Piotr.

Rafael hatte seine Hose bereits wieder angezogen und saß mit nacktem Oberkörper auf einem Stuhl und grinste.

«Das sollen Männer mit Anstand sein?», fragte Piotr.

Ich zuckte nur mit den Schultern. «Ich hole lieber mal einen Lappen.»

Wo sind die Polen hin? Eine Kriminalgeschichte

ADAM Der englische Geheimdienst stand kurz vor dem Ende des Zweiten Weltkriegs vor einem Problem: Man wusste, dass es deutsche Spione in den eigenen Reihen gab. Aber man hatte keine Ahnung, wie man sie aufspüren sollte.

Man ging methodisch vor und fragte sich: Was unterscheidet einen Deutschen fundamental und wesentlich von einem Engländer? Die Antwort war schnell gefunden: Der Deutsche kann nicht anders, als mindestens einmal pro Woche eine Bratwurst zu essen.

Aus dieser Erkenntnis konstruierte man eine geniale und technisch raffinierte Falle – man stellte mitten in London eine Bratwurstbude auf. Wer hier einkehren würde, der konnte eigentlich nur ein Deutscher sein. Denn für einen Engländer war Bratwurst ungenießbar.

Ein englischer Geheimagent zog sich eine Schürze an und stellte sich in die Bude. Ein zweiter Agent drehte sich in eine Mülltüte ein und versteckte sich mit geladener Waffe im Abfall unter dem Stehtisch davor. Der erste Geheimagent lächelte fröhlich und begrüßte die Gäste mit einem «Hello! So you would like one Bratwurst?». Er briet die Würste, presste Senf aus der Tube, gab den verdächtigen Kunden freundlich das Wechselgeld zurück und ließ ihnen noch Zeit, die Wurst zu Ende zu essen. Dann sprang der zweite Geheimagent aus dem Abfall hervor und nahm die Bratwurstesser fest. Schon hatte man wieder einen erwischt.

Zugegeben, vielleicht war diese Methode nicht immer hundertprozentig wasserdicht. Es kann schon sein, dass dem Geheimdienst auf diese Weise auch ein paar hungrige Iren oder Schotten ins Netz gingen.

Egal. Sechzig Jahre später standen wir jedenfalls vor einem ähnlichen Problem: Wie kann man die Polen in Deutschland eigentlich erkennen? Nicht, dass Polen irgendetwas mit Spionen zu tun hätten oder eine Gefahr für die Deutschen darstellen würden. Wenigstens nicht alle.

Aber schon nach wenigen Monaten in Berlin war uns aufgefallen: In der Öffentlichkeit sind Polen größtenteils unsichtbar. Dabei lebten zu dieser Zeit allein in Berlin zwischen vierzig- und hunderttausend Menschen mit einem polnischen Hintergrund.

Wir fragten uns also: Wo sind die Polen geblieben? Alle möglichen anderen eingewanderten Nationen sind deutlich wahrzunehmen. In jeder Straßenbahn spricht jemand laut russisch, und jedes Mal sieht man mindestens einen Deutschen, der dabei zusammenzuckt. Die meisten Deutschen haben wahrscheinlich zu viel über den bösen Putin oder die russische Mafia in den deutschen Zeitungen gelesen und haben deshalb Angst vor den Russen.

Polnisch ist dagegen in der U-Bahn nur sehr selten zu hören. Die Polen geben sich nicht gern zu erkennen. Überall gibt es «höherwertige Marken-Ausländer», deren Herkunftsland schönere und erstrebenswertere Assoziationen weckt. Leidenschaftliche Italiener oder Wein kennende Franzosen. Wohlhabende Skandinavier oder coole

Amerikaner. Deutsch sprechende Holländer, Schweizer oder Österreicher, die gar nicht als «richtige Ausländer» angesehen werden, sondern nur als «andere Deutsche».

Wie zum Teufel kann man die Polen dann finden? In jeder Berliner Straße gibt es mindestens ein italienisches Ristorante, selbst wenn die Pizzen dort inzwischen mehrheitlich von Bosniern gebacken werden. Türkisch oder arabisch aussehende Menschen sieht man auch überall; vor Dönerbuden kann man sich kaum retten. Gar nicht zu reden von den Asiaten: Die Chinesen finden sich vor allem in Charlottenburg an der Kantstraße, wo man sich den Fisch nicht von der Karte, sondern aus dem großen Aquarium neben der Eingangstür aussuchen kann.

Aber es gibt kaum polnische Läden noch Restaurants, Cafés, Bars oder Kneipen. Man kann zwar vereinzelt ein *Tyskie*, das polnische Bier, trinken und manchmal auch einen polnischen Kuchen zum Kaffee genießen. Oder zu polnischer Musik in einer Disco tanzen, deren Besitzer Türke ist. Dann hört es aber schon auf. Nirgendwo gibt es etwa ein gehobenes polnisches Restaurant, nicht mal einen schäbigen Schnellimbiss mit polnischer Küche. Es gibt kein polnisches Kino oder Theater. Dabei gibt es doch so viele Polen. Die offiziellen Zahlen schwanken immer wieder, weil sich viele Polen mit einem deutschen Ausweis erfolgreich als Deutsche tarnen. Für ein bisschen polnisches Leben sollte es aber trotzdem reichen.

Also, wo sind die Polen? Je länger wir darüber nachdachten, desto ratloser wurden wir. Einen Deutschen konnten wir natürlich nicht fragen. Denn der hätte vermutlich entweder «Wieso? Was meint ihr damit? Was heißt das für euch: Polen?» zurückgefragt und uns für rechtsradikal gehalten. Oder er hätte, noch schlimmer, geantwortet: «Das frage ich mich mit meinen Kumpels auch schon die ganze Zeit. Wo sind eigentlich die Scheißpolen?»

Deutsche Medien stehen übrigens immer wieder vor einem ähnlichen Problem wie wir damals. An Tagen, die entfernt etwas mit Polen zu tun haben – ein runder Geburtstag von Chopin, ein Jahrestag von Brandts Kniefall, ein runder Todestag von Chopin, ein deutsch-polnisches Fußballspiel, ein Jahrestag des Überfalls Polens auf Deutschland –, an solchen denkwürdigen Tagen müssen sie plötzlich in aller Eile eine Geschichte über Polen machen. Irgendeinen Polen auftreiben und interviewen. Oder noch besser: seine Lebensgeschichte in einfachen Worten erzählen und dazu ein paar Bilder von Polen liefern, auf denen es immer aussieht wie in Tschernobyl nach dem Super-GAU.

Mit unseren unerfüllten soziologischen Ambitionen richteten wir uns ein kleines Detektivbüro ein. Piotr saß hinter einem breiten Schreibtisch, und ich durchforstete die aktuelle Tageszeitung nach verdächtigen Meldungen.

«Vielleicht haben sie sich irgendwo versteckt», überlegte Piotr. Er kniff die Augen zusammen und sah aus wie ein besonders raffinierter Agent.

«Aber wo?» Ich überlegte ebenfalls und umkreiste ihn im Stechschritt. «Streng deine grauen Zellen an! Wir brauchen irgendeine Spur!»

Piotr legte die Stirn in Falten. «Ich denke nach. Ich habe das ungute Gefühl, dass da etwas nicht stimmt. Wir haben irgendetwas übersehen! Irgendeine Kleinigkeit. Irgendwo müssen sie ja sein.»

«Piotr! Uns läuft die Zeit davon! Wir müssen die Polen finden!»

Wir hatten nur noch zwei Stunden. Zwei Stunden und zwanzig Minuten, um die Polen endlich zu finden. Wir mussten es schaffen. Alles hing davon ab. Nicht nur unser Leben, sondern auch ...

Na gut, eigentlich hatten wir so viel Zeit, wie wir wollten. Es eilte überhaupt nicht. Aber lösen wollten wir den Fall schon.

Als Nachbarn sind die Polen ungefähr so auffällig wie der nächtliche Zusteller der Tageszeitungen oder wie die alleinlebende Oma, die man schon lange nicht mehr gesehen hat und bei der man sich eigentlich die ganze Zeit fragt, ob sie nicht ... Man will es ja nicht hoffen.

«Die Polen verstecken sich», sagte ich und rollte dabei das *r*. Durch das Licht der Schreibtischlampe warf meine Nase einen schmalen Schatten auf meine Oberlippe.

«Irgendwie erinnerst du mich an jemanden», raunte Piotr.

«Wirr müssen die Polen finden! Koste es, was es wolle. Alle!» Ich sah starr und mit bösem Blick geradeaus.

Piotr erschrak für einen Moment wirklich. «Vielleicht sollten wir das lieber sein lassen», flüsterte er. «Ist doch egal, ob sich irgendwer hier assimiliert. Ist doch schön. Stört doch keinen.»

Die meisten Polen wollen es natürlich nicht zugeben, aber sie leiden unter einem kollektiven Minderwertigkeitskomplex. In Deutschland fühlen sie sich oft ungefähr so wie ein Markenbotschafter von «Kinder-Cola» auf einem Kongress mit den Vertretern der richtigen «Coca-Cola». Sie gehören zu der weniger bedeutenden Marke. Ohne es zu wollen, ist ihnen das irgendwie immer ein bisschen peinlich. Wenn sich ein Pole in der U-Bahn öffentlich outet, dann hat er Angst, dass sich in genau diesem Moment die Uncoolsten weit und breit ebenfalls als Polen zu erkennen geben.

Dieses Gefühl der Peinlichkeit bezieht sich auf viele Bereiche. Es fängt damit an, dass der deutsch-polnische Kulturaustausch eine enge Einbahnstraße ist. In Polen kennt zum Beispiel jeder die Namen und Werke nicht nur von Goethe und Schiller, sondern ebenso von Grass, Hesse oder Jelinek. Zwar nicht etwa deshalb, weil man die Bücher wirklich gelesen hat, aber immerhin vom Hörensagen. Wie viele Deutsche können das schon für die polnischen Literaturnobelpreisträger sagen?

Das deutsche Gedächtnis hat Löcher im Osten. Wer beispielsweise nicht weiß, dass Alabama ein Bundesstaat der USA oder die Bretagne ein Teil von Frankreich ist, der wird mit Sicherheit ausgelacht. In Bezug auf Polen weiß man dagegen nicht einmal, was mit dem Wort «Woiwodschaften» gemeint sein soll. Korrupte Seilschaften? Mafiöse Verbände aus Familienclans? Ein für alle Mal: Woiwodschaften sind so etwas wie die Bundesländer von Polen. Das zu wissen ist schon mal etwas. Niemand verlangt, auch noch die polnischen Namen der Woiwodschaften zu kennen oder gar ihre korrekte Aussprache.

Jeder kennt die französische Botschaft direkt neben dem Brandenburger Tor. Aber die polnische? Gibt es die überhaupt? Man weiß es nicht. Die französisch-deutsche Freundschaft und die französisch-deutsche Versöhnung haben für die Deutschen viele Jahre lang Priorität gehabt. Manche polnischen Politiker versuchten, ihr Land aufzuwerten, indem sie die Gemeinheiten der Deutschen gegenüber dem westlichen Nachbarn mit denen gegenüber dem östlichen Nachbarn aufrechneten. «Die Deutschen waren zu uns viel gemeiner!», riefen sie. «Deshalb müssen sich die Deutschen zuerst mit uns versöhnen!» Die Franzosen gaben meistens sofort zu, dass die Deutschen auch sehr gemein zu den Polen gewesen waren. Aber dann fragten sie: «Und wer keltert den besten Wein? Woher kommt der Champagner? Und wer hat die Hauptstadt der Liebe?» Und die Polen mussten sich sofort geschlagen geben.

«Vielleicht hängt es immer noch mit dem Trauma vom Zweiten Weltkrieg zusammen», sagte Piotr. «Der Aufruf, man solle sich als Pole zu erkennen geben, war noch nie lieb gemeint.»

«Stimmt.» Ich sah inzwischen wieder mehr nach mir selber aus. «Aber das sollte doch niemanden davon abhalten, in Berlin ein kleines Café zu betreiben oder einen Buchladen oder irgendetwas in der Art.»

«Es liegt an der Scham. Die Scham gehört einfach zu den Polen dazu. Ein Pole, der sich nicht schämt, der wüsste wahrscheinlich gar nicht mehr, was er überhaupt ist. Ohne Scham hat er seine Identität verloren.»

«So ein Quatsch.» Ich kann es nicht leiden, wenn Piotr immer wieder mit der Scham beginnt. «Ich schäme mich zum Beispiel überhaupt nicht.»

«Das glaubst du. Aber du redest es dir nur ein.» Das ist Piotrs Standardargument. Es lässt sich schwer widerlegen.

«Blödsinn. Nur, weil du dich schämst, heißt das doch nicht, dass sich automatisch alle Polen für irgendwas schämen.»

«Aber sieh doch mal: Es gibt polnische Aussiedlerkinder, die erst mit neunzehn anfangen, polnisch zu sprechen, weil sie es zu Hause nicht gelernt haben. Sie schämen sich für die eigene Sprache.»

«Das liegt aber nicht an der Scham, sondern an den Eltern, die sich nicht entscheiden können, welche Sprache sie ihrem Kind beibringen. Oder die Eltern wollen jedes Gespräch mit dem Kind dazu nutzen, selber besser

Deutsch zu lernen, Polnisch können sie ja schließlich schon. Wieso sollten sie also polnisch mit ihrem Kind sprechen? Außerdem haben wir einen Fall zu lösen! Schon vergessen?»

Wir beiden Meisterdetektive machten uns an die Arbeit. Wir verfolgten eine erste brandheiße Spur. Wir riefen bei der polnischen Botschaft an.

«Sagen Sie mal», begann ich, «wir hätten da eine kleine Frage. Wir wollten nur wissen, wo sich in Berlin eigentlich das polnische Leben finden lässt. Es leben doch so viele Polen hier.»

Am anderen Ende war eine ältere Frau. Sie klang, als hätte der Anruf sie aufgeweckt.

«Hier in der Botschaft gibt es manchmal Veranstaltungen. Können Sie unserer Webseite entnehmen. Und ... Haben Sie etwa die Freisprechanlage an?»

«Nein», sagte ich, obwohl das natürlich nicht stimmte. Piotr wollte schließlich mithören.

«Sie haben die Freisprechanlage an. Das höre ich doch genau. Aus Sicherheitsgründen müssen wir jetzt leider das Gespräch beenden.»

Die Frau legte auf.

«So ein Mist.»

«Wahrscheinlich sind das die Auflagen aus Amerika», vermutete Piotr. «Seit Polen zum neuen Europa gehört, haben die Amerikaner die Polen ja ganz doll lieb.»

Als Nächstes rief ich bei Frau Merkel an. Leider kam ich nicht durch. Ich probierte es eine halbe Stunde lang. Ohne Erfolg. Im Internet gab es auf der Seite des Bundeskanzleramts eine Kontaktmaske für Bürgeranfragen aller Art. An diese Adresse hatte ich schon vor ein paar Monaten eine E-Mail geschickt – mit der Bitte, die militärische

Besetzung des Vatikans durch die Schweizer öffentlich anzuprangern. Eine Antwort war natürlich nicht gekommen. Um der Kanzlerin nicht zu viel Arbeit zu machen, hielten wir unsere Anfrage diesmal besonders kurz.

«Wir wollten nur mal wissen, wieso die Polen in Berlin so unsichtbar sind. Hätten Sie, liebe Frau Merkel, darauf vielleicht eine Antwort?», schrieben wir.

Es kann sein, dass Frau Merkel dazu etwas zu sagen hat. Aber keinem von uns hat sie es bisher mitgeteilt.

Also unternahmen wir einen dritten Versuch.

Wir meldeten uns bei einem bekannten polnischen Kurator. Bekannt war er zwar, aber nicht als Pole. Er hatte den Namen seiner Frau angenommen und sich den polnischen Akzent mit Botox weggespritzt. Jetzt lebte er praktisch inkognito unter den Deutschen.

«Guten Tag», sagte ich, «wir hätten da eine kleine Frage.»

«Ich kenne euch», antwortete der Kurator, «ihr seid doch die polnischen Versager.»

«Woher wissen Sie ...?»

«Ihr solltet lieber mal was Richtiges arbeiten. Das ist die einzige Antwort, die ich euch geben kann. Egal, welche Frage ihr habt.»

«Also ...»

«Sich über die Deutschen beschweren, aber selber nur Unsinn verzapfen, das sieht euch ähnlich.»

«Wir beschweren uns nicht ...»

«Die Polen sind keine Versager!»

Diesmal war ich es, der das Gespräch beendete.

Wir grübelten noch eine Weile herum. Irgendwie mussten wir die Polen doch ausfindig machen.

«Ich hab's!», rief ich plötzlich und klatschte in die Hände. «Also die Sache ist doch die: Die Polen sind unsichtbar und wollen es auch bleiben. Nichts ist ihnen unangenehmer, als in der Öffentlichkeit als Pole erkannt zu werden. Es sei denn, sie sind bereits richtig erfolgreich. Aber das sind die meisten ja nicht. Also machen wir es wie die Engländer mit den Bratwürsten! Wir packen sie an ihrer Unauffälligkeit!»

«Und wie willst du das anstellen?»

«Ganz einfach: Wir bauen auch eine Bude auf! Aber nicht mit Bratwürsten, sondern mit dem Hinweis: Ich bin ein Pole! Wer ein Pole ist oder einen deutschen Pass hat, aber polnisch spricht, der soll unterschreiben. Oder noch besser: Der bekommt ein Überraschungsgeschenk. Die einzige Bedingung ist, dass er laut auf der Straße sagen muss, woher er kommt, und dabei das Geschenk öffnet.»

«Und was tun wir da rein, als Überraschung?»

«Na, nichts. Das wird eh kein Pole machen.»

«Und wie willst du dadurch die Polen erkennen?»

«Ist doch ganz einfach! Wer gleich zusammenzuckt, am schnellsten wegläuft und sich für die Bude am wenigsten interessiert, der muss ein Pole sein! Alles andere sind Deutsche, die es nur gut meinen!»

Die Bude hatten wir schnell gebaut. Sie bestand aus einem Tischchen mit einer Decke darauf. Davor stellten wir ein Schild: Alle Polen bitte sofort melden!

Nach einer Stunde erspähte Piotr einen jungen Mann, der sich, nachdem er das Schild gelesen hatte, verdächtig schnell von der Bude entfernte.

«Bleib stehen», rief Piotr auf Polnisch, «wir haben doch nur eine kleine Frage. Wir interessieren uns für das polnische Leben in Berlin!»

Tatsächlich verlangsamte der junge Mann für einen Augenblick seinen Gang. Es war offensichtlich, dass er Polnisch verstand. Dann aber lief er noch schneller und war bald außer Reichweite.

Die Strategie war also nicht schlecht. Leider entwickelte sich die Aktion dennoch zu einem vollen Reinfall. Eine Gruppe von Deutschen näherte sich dem Tisch und begann, Anti-Nazi-Parolen zu skandieren. «Haut ab!», riefen sie und: «Die Polen stehen unter unserem Schutz!»

«Wir sind doch selbst Polen», versuchte Piotr und sagte zum Beweis ein paar polnische Sätze.

«Nur weil du Russisch kannst», rief einer der Demonstranten, «heißt das noch nicht, dass du kein Nazi bist!»

«Genau», rief ein anderer, «in Russland sind die Nazis gerade wieder im Kommen. Verschwindet von hier!»

Wir klappten den Tisch zusammen und gingen zurück nach Hause. Die Demonstranten folgten uns noch ein paar Straßen lang.

Plötzlich war es uns egal, wo die Polen sich aufhielten. Sie fielen einfach nicht auf. Vielleicht gingen sie alle einer geregelten Arbeit nach und hatten gar keine Zeit, sich mit Banalitäten wie der eigenen Herkunft zu beschäftigen. Vielleicht waren sie in Berlin versickert wie Wasser für eine Blumenwiese. Dank der Polen würde Berlin irgendwann aufblühen.

Elvis in Brandenburg

Am Ende einer katholischen Messe in Polen – oder auch mittendrin – hört man nicht selten einen Aufruf wie diesen:

Liebe Gemeinde, ich brauche einen neuen Wagen! Die Sammlung am Ausgang ist für meinen neuen Wagen bestimmt.

Oder:

Liebe Gemeinde, in der nächsten Woche habe ich einen wichtigen Termin in der Woiwodschaft Soundso. Wer mich dort hinfahren und wieder abholen will, kann sich bei meiner Haushälterin Malgosia melden.

Oder:

Liebe Gemeinde, der Garten vor meinem Haus ist mal wieder ganz schön zugewuchert. Wer der Malgosia also beim Unkrautjäten behilflich sein will, der sagt ihr gerne nachher Bescheid! Sie kann eine fleißige Hand gebrauchen!

In einem deutschen Gottesdienst wäre so etwas natürlich völlig undenkbar. Wahrscheinlich würde sofort jemand *Vorteilsnahme!* oder *Himmelschreiende Ungerechtigkeit!* ausrufen. Es gäbe einen Skandal und Schlagzeilen wie: *Schamloser Pastor bereichert sich auf Kosten der Gemeinde* oder *Priester prassen mit Kollekte.*

Hierzulande kann man es nur schwer aushalten, dass politische oder kirchliche Würdenträger ein paar zusätzliche Vorteile genießen. Auch viele normale Deutsche sind natürlich ein kleines bisschen gleicher als der Rest. Trotzdem sind fast alle von Gleichheit und Gerechtigkeit besessen. Jedenfalls in der Theorie.

In Polen findet man es selbstverständlich, dass ein Pastor nicht nur vom Glauben alleine leben kann. Ihm steht die finanzielle und persönliche Unterstützung der gesamten Gemeinde zu. Wer an Gott glaubt, der muss in Polen bereit sein, sich für den Priester aufzureiben.

Denn es gibt einen wichtigen Unterschied gegenüber dem westlichen Nachbarn: Dem deutschen Pastor laufen die Gläubigen weg. Besonders in Norddeutschland buhlt die katholische Kirche bloß wie ein Verein unter vielen um Mitglieder. Dabei liegt sie nach Attraktivität oft noch hinter der Nordic-Walking-Gruppe für Männer oder dem Knetfigurenkreis der frühverrenteten Kaufleute. Der deutsche Pastor gleicht somit einem verzweifelten, immer kurz vor dem Scheitern stehenden Hirten, dem die Schäfchen abgehauen sind und der ihnen nun keuchend hinterherrennt. Er kann froh sein, wenn es ihm gelingt, sie mit kleinen Leckerlis wie einem kostenlosen Büfett, zwei Schlückchen Rotwein oder ein paar trockenen Hostien-Knabbereien zurück in sein schlechtbeheiztes Haus zu locken.

Anders auf dem polnischen Land: Dort ist der Priester ein Star, der sich vor liebenden Fans kaum retten kann. Das prominenteste und krasseste Beispiel hierfür ist Pater Tadeusz Rydzyk, der Besitzer des erzkatholischen Radiosenders *Radio-Maryja*, dessen Hörer wie in einer Sekte bedingungslos auf ihn eingeschworen werden. Er sieht so harmlos aus wie ein gutmütiger, übergewichtiger Opa, besitzt jedoch ein Medienimperium, eine Medienuniversität und einen der wenigen polnischen Maybachs in Schwarz. Was Tadeusz Rydzyk sagt, das kommt direkt von Gott, und er selbst ist keineswegs der Einzige, der das glaubt. Kürzlich bekam er von einer Gruppe bußfertiger Rentnerinnen einen nagelneuen Audi A6 mit nicht weniger als eintausend PS geschenkt. Als Zeichen ihres Gotteslobs und ihrer Frömmigkeit, versteht sich. Das Einzige, was Pastor Rydzyk jetzt noch gefährlich werden kann, ist wahrscheinlich der steigende Spritpreis.

Priester – in Polen ist das also ein äußerst attraktiver Job. Behauptet ein kleiner Junge, er wolle später einmal ein guter Priester sein, dann klopft man ihm ungefähr so stolz auf die Schulter wie einem Jungen in Deutschland, der verkündet, er wolle gleich nach dem Abitur ein BWL-Studium beginnen. Man braucht gar kein Problem mit der eigenen Sexualität zu haben, um sich für das Priesteramt zu entscheiden. Im Gegenteil: Es ist ein echtes Karriereziel, das auch Menschen anlockt, die sich eigentlich überhaupt nicht für Jesus interessieren.

Auf einem polnischen Gymnasium lässt sich das Fach Religion ohnehin nicht so einfach abwählen. Es darf auch nicht durch ein so blasphemisches Fach wie *Ethik* ersetzt werden. Hinzu kommt, dass sich die katholische Kirche in Polen weder auf reiner Spendenbasis noch durch eine Kirchensteuer finanziert. Sie hat einen festen Posten im Staatshaushalt. Das gilt für alle anerkannten Religionen in Polen. Selbst ein Atheist muss also einen Pflichtbeitrag für die Religionen bezahlen. Seit einigen Jahren regt sich gegen diesen Mangel an Säkularität Widerstand. Allerdings vor allem von einer einflusslosen Minderheit junger Studenten. Und die Reformforderungen sind auch noch nicht besonders konkret geworden.

Ein polnischer Priester wird regelrecht hofiert. In seiner Gemeinde kann er getrost eine All-inclusive-Unterbringung erwarten. In den meisten Fällen bekommt er nicht nur ein schönes Häuschen und ein schickes Auto, sondern auch eine kesse Haushälterin, die seine dreckigen Sachen wäscht, jeden Tag gründlich die Wohnung wischt und ihm pünktlich zur Mittagszeit ein ordentliches fleischhaltiges Mahl serviert.

In vielen, besonders aber in den kleineren Gemeinden ist es ein offenes Geheimnis, dass diese Haushälterin ihren Priester nicht nur mit weißer Schürze neben dem Esstisch erwartet, sondern auch nackt im Bett. Solche Gerüchte tragen zur Attraktivität des Priesteramtes natürlich noch zusätzlich bei. Anonymen Umfragen zufolge haben bereits über zwanzig Prozent der polnischen Priester ein oder mehrere Kinder. Die katholische Kirche zeigt für solche Schwäche oft Verständnis. Zwar nicht offiziell, etwa durch Lockerung des Zölibats, sondern indem sie die Kinder der Haushälterinnen nicht selten diskret und unbürokratisch in ihren menschenfreundlichen Heimen unterbringt. Mancherorts behauptet die Haushälterin auch einfach steif und fest, sie wisse nicht, wer der Vater sei, vielleicht sei es ja auch «der Heilige Geist».

Aus all diesen Annehmlichkeiten folgt: In Polen wollen mehr junge Männer Priester werden als irgendwo sonst in Europa. Es gibt einen realen Priesterüberschuss. Und weil die katholische Kirche eine internationale, global agierende Organisation ist und sich nahezu überall sonst nur noch wenige junge Männer für das Priesteramt interessieren, werden die jungen Priester aus Polen in aller Herren

Länder verschickt. Wie eine erstklassige Ware. Polen ist Priester-Exportweltmeister.

Exportiert wird nach Australien, Brasilien, Kanada, Südafrika, Frankreich. Und natürlich nach Deutschland. Zum Beispiel nach Brandenburg, Mecklenburg-Vorpommern oder an den Rand von Berlin. Dorthin also, wo sich fast keine Sau oder Seele mehr für den Katholizismus interessiert.

Leider ist es schwieriger, einen polnischen Priester zu exportieren als ein deutsches Auto. Denn im Gegensatz zu den Autos geht ein polnischer Priester nicht selten vor Ende der Garantiezeit kaputt. Oder er bleibt irgendwo auf einer Landstraße liegen.

Adrian, ein Bekannter von uns, hatte ein kleines Grundstück mit Datsche in dem Städtchen B. in der Nähe von Templin gekauft. Dort war er auch eine Zeitlang zur Kirche gegangen und konnte auf diese Weise das Schicksal eines unglücklich verschickten Priesters aus nächster Nähe beobachten.

Der Priester hieß Slawek Skibicki. Er hatte tiefschwarzes Haar, das er sich über der Stirn mit viel Pomade zu einer spitzen, glänzenden Tolle zusammenschob, und war gerade dreißig geworden. Er besaß eine schlaksige Statur und eine üppige Brustbehaarung, welche unter seinem Kollar hervorwuchs und von einer stattlichen Goldkette und einem massiven, daran befestigten goldenen Kreuz platt gedrückt wurde. Pater Slawek dachte, in Brandenburg sei im Prinzip alles genau wie in Polen, nur die Währung, die Landschaft und die Sprache seien ein bisschen anders.

Aufgewachsen war er in der Nähe von Krakau. Dort waren die Gemeinden überall mit jungen Priestern versorgt, die noch viele Jahre vor sich hatten. Zusätzliches Personal brauchte man nicht.

In B. aber war der letzte Pastor ergraut in Rente gegangen, und die Christi-Erlöser-Gemeinde kämpfte sich nun schon seit über einem Jahr ohne geistliche Führung durch den Alltag. Nach dem EU-Beitritt Polens war die Gegend um Templin im Ranking der bedürftigsten Landkreise nach unten abgerutscht. Viele Bürger waren der Meinung, dass die Gelder aus dem Strukturausgleich der Europäischen Union nun nach Polen flossen. Einen polnischen Priester sah man deshalb als passende Entschädigung an.

Pater Slawek wurde in einem kleinen, heruntergekommen Häuschen in der Nähe der Kirche untergebracht. Der Garten war mit Brombeersträuchern zugewuchert, vom Zaun blätterte der Lack ab, und davor stand weit und breit kein Auto. Die alte Nachbarin von gegenüber lieh ihm ein klappriges rotes Fahrrad, mit dem er eine Woche lang voller Schamgefühl in der Gemeinde umherfuhr, bevor er es in den Keller knallte und nur noch zu Fuß ging.

Im Keller stand eine Waschmaschine und davor ein großer Plastikkorb, aber Pater Slawek wusste nicht, wie er so ein Gerät bedienen sollte. Erst als seine schwarzen Socken genauso glänzten wie sein frisch frisiertes Haar und er den beißenden Schweißgeruch seiner Hemden nicht mehr ertragen konnte, traute er sich, seine schmutzigen Sachen in die Trommel zu werfen. Er wählte das Programm *Kompakt tiefenrein 95°*, vergaß allerdings das Waschpulver. Nach der Wäsche wunderte er sich, dass sein schöner, dunkelblauer Wollpullover auf die Größe eines Sockens zusammengeschrumpft und der Schweißgeruch immer noch da war. Wieder musste ihm die alte Nachbarin aushelfen. Sie roch an den nassen Klamotten des Paters, drohte ihm mit dem

Zeigefinger und schob alles wieder zurück in die Trommel.

«Versteh nicht, warum keiner Wäsche wäscht», murmelte der Pater vor sich hin.

Schließlich erklärte sich die Nachbarin bereit, einmal in der Woche nach seiner Wäsche zu sehen, und er gab ihr den Kellerschlüssel.

«Sie sind ja neu hier», nuschelte sie.

«Danke», sagte Pater Slawek. Er war froh über die erste Verbündete.

Die katholische Gemeinde B.s kämpfte einen einsamen Kampf gegen den Protestantismus, den Unglauben und die zunehmende Vergreisung. Sie bestand bereits größtenteils aus schwerhörigen Rentnern oder einzelnen Herumtreibern, denen die Landflucht zu beschwerlich gewesen war und die nur aus einem Grund noch in die Kirche gingen: Sie wussten nicht, was sie mit ihrer Zeit sonst anfangen sollten.

Beim Anblick des jungen Paters mit der schwarzen Tolle glaubte man zunächst, der polnische Rock'n' Roll werde in die Kirche einziehen. Man befürchtete, der Pater würde die alte Orgel gegen ein Keyboard austauschen und seinen «Kyrie-eleison»-Gesang mit schwindelerregenden Kniewirbeln begleiten. Einige ältere Damen fühlten sich für einen Moment an ihre Jugend erinnert und bekamen tränenfeuchte Augen.

Aber der junge Pater hatte keine klingende Stimme und fing auch nicht an zu tanzen. Mit ernstem Gesicht befolgte er kompromisslos die traditionelle Liturgie, wie man es ihm in Polen beigebracht hatte.

Als Pater Slawek seine erste Messe las, wunderte er sich darüber, dass die ersten fünf Bankreihen leer blieben. Es waren kaum mehr Gläubige als die neunzehn Apostel erschienen, und alle hatten sich nach hinten gesetzt, als hätten sie Angst vor ihm. Er konnte sich diese Distanz nicht erklären. In Polen konnte man einem Priester gar nicht nah genug sein. Pater Slawek hatte ältere Frauen gesehen, die sich während des Gottesdienstes nach vorne beugten und versuchten, wenigstens mit den Fingerspitzen einen Gewandzipfel des geistlichen Führers zu erhaschen.

Außerdem irritierte es ihn, beim Singen fast nur seine eigene Stimme zu hören, obwohl es sich um bekannte Lieder handelte. Die Gläubigen bewegten ihren Mund, aber es kam kaum ein Geräusch hervor. Durch das leise, hüstelnde Gesumme fühlte sich Pater Slawek sofort deprimiert.

Das größte Problem aber war: Er sprach immer noch zu schlecht deutsch. Vor seiner Abreise hatte er einen zweimonatigen von der Kirche organisierten Aufbaukurs besucht und konnte «Guten Tag», «Liebe Gemeinde», «Kyrie eleison» und «Amen» sagen und auch die meisten Konjunktionen mit dem Dativ verbinden. Die deutsche Grammatik beherrschte er also bereits ganz gut. Nur bei der Anwendung der abstrakten Regeln stand er oft auf dem Schlauch. Zu verwinkelten Gedanken über die katholische Theologie oder zu einer elektrisierenden Predigt reichten seine Sprachkenntnisse bei weitem nicht aus.

Seine Predigten verfasste er deshalb wie gewohnt auf Polnisch, tippte sie in sein MacBook ein und jagte das Ganze einmal durch Google-Translate. Dabei bediente er sich Copy & Paste. Er versuchte, das Ergebnis wie einen edlen schottischen Malt-Whisky zu verfeinern, indem er den von Google ausgespuckten deutschen Text durch Google wieder zurück ins Polnische und danach abermals ins

Deutsche übersetzen ließ und diesen Vorgang mehrfach wiederholte.

Seine erste Predigt hatte er zehnmal auf diese Weise destilliert. Dabei war ihm aufgefallen, dass der Text mit jeder Destillation kürzer und das Deutsche dem Polnischen auch orthographisch immer ähnlicher wurde. Das Resultat enthielt Sätze wie: *Ich danke ludgott für aus dem Berg arm Menschen sein Gottes Kreuz-Steinigung* oder *Das Bildwort von den zwei Tworen wuz an den drei Beinen Jesus-Herz,* löste jedoch weder Nachfragen noch größere Verwunderung aus, als er es zur Probe in jenem kleinen Gebetskreis vortrug, den auch Adrian regelmäßig aufsuchte. Pater Slaweks starker polnischer Akzent schien einen hypnotischen Effekt auszuüben. Das zischelnde Kauderwelsch versetzte die Zuhörer in eine spirituelle Trance. Nach dem Vortrag hatten einige die Augen geschlossen, andere lagen schlaff in den Sitzen und zuckten rhythmisch mit den Fingern, als habe die Seele ihren Körper bereits verlassen.

Adrian hätte nicht sagen können, wovon der Pater gesprochen hatte. Bereits Minuten nach dem Vortrag konnte er sich unmöglich noch an ein einziges Wort aus der Predigt erinnern. Also konnte er auch keine Frage stellen. Er fühlte sich wie nach einer gründlichen Kopfmassage und bediente sich beim bereitgestellten Gebäck. Später bot er dem Pater an, die Rohfassung jeder Predigt auf mögliche Rechtschreibfehler zu überprüfen.

Nach einigen Wochen bemerkte Adrian während der Messe jedoch immer häufiger Stirnrunzeln und ratlose Blicke unter den Anwesenden. Die Gläubigen räusperten sich, scharrten mit den Füßen auf dem Steinboden herum und blickten neben den bunten Fenstern ins Leere. Beim Rausgehen schnappte Adrian Satzfetzen auf wie

«Vielleicht doch nicht der Richtige», «Der Arme hat es bestimmt auch nicht leicht» oder «Ich hab euch von Anfang an gesagt: besser kein Pole».

Adrian kam Pater Slawek zur Hilfe, indem er die letzte Fassung des Textes ausdruckte und nach dem Gottesdienst unter den Gemeindemitgliedern als Handout verteilte. Doch auch jetzt, wo Adrian den Text der Predigt geschrieben vor sich sah, konnte er sich keinen rechten Reim darauf machen. Er hatte zwar die Rechtschreibfehler beseitigt, kam aber einfach nicht hinter den Sinn des Ganzen.

Nicht ganz unproblematisch war auch die Beichte. Gerade wenn es darum ging, die eigenen Sünden vorzutragen, begannen viele Deutsche, extrem zu nuscheln. Oder sie haspelten ungeduldig vor sich hin, damit es möglichst schnell vorbei war. Pater Slawek verstand meistens überhaupt nichts, seufzte aber während der Beichte oft gequält auf, als gingen ihm die Sünden der Leute stark an die Nieren, oder er reagierte mit deutschen Redewendungen, die er mühsam auswendig gelernt hatte.

«Ich habe meiner Nachbarin unzüchtig hinterhergeschaut», flüsterte ein Sündiger.

«Ooh, ooh», stöhnte Pater Slawek.

«Ich habe beim Edeka eine Tafel Ritter-Sport Trauben-Nuss eingesteckt, ohne sie zu bezahlen», gab einer zu.

«Ach du grüne Neune», erwiderte Pater Slawek.

«Ich habe meine liebe Frau in einem Streit als Schlampe bezeichnet, obwohl sie nicht mal mehr mit mir selber schläft», drang es durch das Holzgitter.

«Du lieber Herr Gesangsverein!», murmelte Pater Slawek.

Ansonsten nickte er langsam, rieb sein goldenes Kreuz

zwischen zwei Fingern und sah mit strafendem Blick durch das hölzerne Gitter.

Das Zuhören war für ihn sehr anstrengend. Nach den ersten Beichten hatte er die Idee, vor dem Beichtstuhl einen Stapel Zettel auszulegen, in denen er die gängigsten Sünden bereits aufgelistet hätte. Dort könnten die Gläubigen schnell ankreuzen, was sie getan hatten, und er müsste nicht mehr versuchen, dem Genuschel zu folgen, oder bei jedem Knacklaut zusammenzucken. Die Sündenpunkte und eine angemessene Buße könnte er bequem mit einem Taschenrechner ausrechnen. Für außerehelichen Sex würde er beispielsweise acht Punkte vergeben, für eine Gotteslästerung einen und für die Beleidigung des Priesters zehn. Bei mehr als siebzehn Gesamtpunkten würde er eine Pilgerreise nach Santiago de Compostela verlangen. Bei über dreißig hin und wieder zurück.

In die Tat setzte er diese Idee jedoch nicht um. Sie war ihm mit zu viel rechnerischem Aufwand verbunden. Er gewöhnte sich bald daran, nach jeder Beichte bloß «Das ist schlimm, ja, das ist wirklich schlimm» und dann seinen üblichen katholischen Spruch aufzusagen. Als Buße gab er den Sündigern meistens zwanzig oder, je nach Laune, manchmal auch fünfzig Rosenkränze auf.

Besondere Sorgen bereitete ihm zudem die Kollekte. An manchen Sonntagen kamen kaum fünfunddreißig Euro zusammen, und dann lagen noch alte Knöpfe oder rostige Schrauben dazwischen. Ein Gemeindemitglied, das am Krückstock ging, war in der ersten Woche fröhlich lächelnd auf ihn zugegangen und hatte ihm den uralten Polenwitz mit dem polnischen Stahl, dem *Diebstahl*, erzählt, als mache er ihm damit ein Kompliment. Seitdem zog Pater Slawek jedes Mal, wenn er das Ergebnis der letzten Sammlung verkündete, eine unerklärliche Hitze ins Gesicht. Obwohl er meistens noch einen Zehner aus der eigenen Tasche drauflegte, damit wenigstens die Marke fünfzig überschritten wurde, beschlich ihn die Paranoia, die Gemeinde halte ihn für einen Dieb und er allein sei daran schuld, dass nur die paar Groschen im Opferstock lagen.

So betete und predigte sich Pater Slawek über ein Jahr lang durch den Brandenburger Alltag. Seine Situation war alles andere als optimal. Aber sie hätte sicher noch einige Zeit so weitergehen können, ohne dass sich die kleine Gemeinde über die schwerverständlichen Predigten beschwert hätte. Er hätte seine deutsche Aussprache Stück für Stück verbessert, und seine jugendliche Erscheinung hätte möglicherweise auch mehr von den jungen Leuten in die Kirche und an den Glauben herangeführt. Am Ende hätte man eine weitere Erfolgsgeschichte von polnischer Integration in die deutsche Provinz erzählen können.

Vielleicht war Pater Slawek Priester geworden, weil er gerne im Mittelpunkt stand und auf die Leute von oben herabsah. Vielleicht hatte er sich als kleiner Junge ausgemalt, wie er seiner Gemeinde mit einer einzigen Hand- oder Kniebewegung ruckartig das Aufspringen und Niederknien befahl. Wie er sie in rasende Verzückung versetzte, wie es dem King of Rock 'n' Roll sogar als verfettete Kugel in rosa Beinkleidern noch mühelos gelungen war. Vielleicht setzte ihm auch einfach nur das Heimweh zu oder die deutsche Grammatik.

So jedenfalls hatte er sich seine glanzvolle Priesterkarriere nicht vorgestellt. Nach knapp einem Jahr musste er sich immer noch die Geschichten der alten Leute anhören, denen vor vierzig Jahren einmal das Auto in Polen gestohlen worden war. Noch immer hatte er keinen einzigen deutschen Freund gewonnen. Deutschland kam ihm vor wie ein schlechtbesuchtes Dorffest ohne Tanz, Musik oder Alkohol.

Auch war ihm das Getuschel während seinen Messen keineswegs verborgen geblieben. Ihn peinigte die Vorstellung, dass man hinter seinem Rücken über ihn lachte und dass er als Priester auf ganzer Linie versagt hatte. Er rief Gott um Hilfe, aber der holte ihn nicht nach Polen zurück.

Schließlich blieb ihm nur jener internationale Freund und jene Aufmunterung, die man für ein paar Euro in jedem Supermarkt kaufen kann: Schnaps in kleinen Fläschchen. Beziehungsweise: Bier in großen Flaschen.

Jede Woche ließ er sich vom örtlichen Edeka-Markt mehrere Kästen Bier vor die Haustür liefern. Bald kümmerte er sich nicht mehr darum, ob seine schwarze Tolle sauber zusammengeschoben war. Ohne jede Form ließ er sich die Haare vom Kopf abstehen und tief ins Gesicht fallen. Nur wenn sie ihm ganz die Sicht versperrten, strich er sie aus der Stirn.

An einem Sonntag war seine Predigt wieder einmal besonders wirr. Er hatte sich vorher drei kleine Schlückchen Nordhäuser Doppelkorn genehmigt und sprach über Jesus und die Dreifaltigkeit.

«Von drei Dingen hast ihr Herr Jesus gewonnen und davon das letzte ist geistlich oben», rief er von der Kanzel. «Leute, ihr müsst von den großen Herz!»

Anschließend hielt ihn ein junger Mann, den er dunkel als den neuen Religionslehrer der Grundschule von B. in Erinnerung hatte, am Ärmel fest und trat dicht an ihn heran.

«Ich kann die Predigten gerne mal mit Ihnen durchgehen, bevor Sie sie halten», sagte der junge Mann.

«Danke. Aber wieso?»

«Es ist nur ein Vorschlag.»

«Nett von Ihnen.»

«Kommen Sie gut in Deutschland zurecht?»

«Natürlich.»

«Haben Sie sich schon eingelebt?»

«Jaja.»

«Haben Sie getrunken?»

«Ich bin nicht betrunken.» Pater Slawek hielt sich die rechte Hand vor den Mund.

«Sie riechen aber nach Alkohol.»

«Ach ja?»

«Ja, leider. Hören Sie, ich will Ihnen doch nur ...»

Pater Slawek räusperte sich und holte tief Luft.

«Ich verstoße dich aus unserer Gemeinde», sagte er zu dem jungen Mann und presste die Augen zusammen.

Diesen Satz hatte er sich für Notfälle aus dem Polnischen übersetzt und eingeprägt. Normalerweise verfehlte er seine furchteinflößende und erpresserische Wirkung nie. Vom Priester verstoßen zu werden – in einer kleinen polnischen Gemeinde ist das die größte Strafe, die man sich vorstellen kann. Wer nicht mehr zur Kirche gehört, der gilt auf dem Dorf fast nicht mehr als Mensch. Wenn der Priester nicht mit einem redet, so dauert es meistens nicht lange, bis einen sogar die eigenen Verwandten mit misstrauischen Blicken beäugen. Wer dann nicht bereit ist, sein Vergehen irgendwie wiedergutzumachen oder sich unterwürfig beim Priester zu entschuldigen, dem bleibt auf lange Sicht eigentlich nur die Flucht.

«Ich verstoße dich», wiederholte Pater Slawek. Dabei

ließ er eine Hand über dem Kopf des Religionslehrers kreisen.

Der war nicht beeindruckt. Er zuckte mit den Schultern.

«Wenn Sie meinen.»

An diesem Abend trank Pater Slawek die ganze Flasche Nordhäuser Doppelkorn.

Die Gemeinde von B. gewöhnte sich bald an den folgenden Monatsrhythmus: Drei Wochen lang stand die Haustür des Paters offen, und jeder konnte ihn erreichen. Die übrige Woche war er mit theologischen Studien beschäftigt, und niemand durfte ihn stören.

«Ich befasse mich mit den Aposteln», erklärte er.

In Wirklichkeit rief er mit verstellter Stimme bei Edeka an und verlangte Bier. In seinem weißen Talar vor der Tür stehend erwartete er die Lieferung und vermied bei der Bezahlung jeden Augenkontakt.

Dann verbarrikadierte er sich in dem Häuschen, schloss die Kellertür zu, zog die Rollläden herunter und trank Tag und Nacht.

Während der Messen blieb er nüchtern genug, um nicht von der Kanzel zu stürzen. Es gelang ihm, seine morgendliche Alkoholfahne hinter einem starken Deodorant mit hohem Moschus-Anteil zu verbergen. Außerdem vertraute er darauf, dass der Geruchssinn seiner alternden Gemeinde bereits beschädigt war.

Irgendwann sah man ihn zwei Wochen lang weder in der Kirche noch auf der Straße, noch sonst irgendwo. Er ging nicht ans Telefon. Er rief nicht bei Edeka an. Er öffnete nicht die Tür. Die Rollläden seines Häuschens bewegten sich keinen Millimeter. Auch nachts blieben die Fenster dunkel.

Die alte Nachbarin bekam es mit der Angst zu tun.

Vorsichtig näherte sie sich dem Häuschen und klopfte mehrmals mit aller Kraft gegen die Tür. Dann presste sie den Kopf gegen das Holz und horchte. Nichts.

Dasselbe versuchte sie an der Kellertür. Ihr Schlüssel passte noch, aber die Tür ließ sich nicht öffnen. Irgendein schwerer Gegenstand musste sich dahinter verkantet haben.

«Herr Slawek, wo sind Sie denn geblieben?», rief sie laut gegen die Tür. Niemand antwortete.

«Herr Slawek, was machen Sie denn für Sachen?»

Die alte Nachbarin wartete noch drei Tage, sah immer wieder herüber, seufzte und schüttelte mit dem Kopf. Dann verständigte sie die Polizei.

Zwei Streifenbeamte stemmten die Tür mit einem Brecheisen auf. Sie waren darauf vorbereitet, die verwesende Leiche des Paters vorzufinden. Doch im ganzen Haus erwartete sie nur ein Chaos aus dreckigem Geschirr, herumliegenden Klamotten und herausgerissenen Bibelseiten. Der alte Wohnzimmertisch war mit Gulasch beschmiert. Die Badewanne war bis zum Rand mit übelriechendem kaltem Wasser gefüllt. Der Pater lag im ersten Stock mit einer Bierflasche im Bett. Als er die beiden Beamten erblickte, lallte er in einem Gemisch aus Deutsch und Polnisch.

Die beiden Polizisten fühlten sich zu ungefähr gleichen Teilen angeekelt und erleichtert. Sie ließen die Tür offen stehen und stiegen zurück in den Wagen.

Pater Slawek durfte seinen Rausch ausschlafen. Dann beorderte die katholische Kirche ihn diskret nach Polen zurück. Vielleicht führt sie irgendwo eine Statistik über erfolgreich exportierte, reklamierte und zurückgeschickte Priester. Diese Statistik ist wahrscheinlich streng geheim.

Die alte Nachbarin hat seitdem nichts mehr für Polen übrig, und der Lieferant des örtlichen Edekas hat viel weniger zu tun.

Slawek muss Gerüchten zufolge einmal in der Woche in Krakau zur Therapie. Ansonsten tritt er angeblich als Elvis-Kopie mit Playback in Bars der Umgebung auf. Eine Waschmaschine kann er immer noch nicht bedienen.

Die Christi-Erlöser-Gemeinde in B. ist jedenfalls wieder vakant.

Groschen, Mark und Depression

PIOTR *Wie schwarz schätzen Sie Ihre eigene Zukunft ein?*, lautete die Frage. Als Antwort standen zur Auswahl: *Rosig*, *Grau*, *Schwarz* und *Tiefschwarz*. Ich kreuzte *Tiefschwarz* an, obwohl ich nichts Schlimmes für mich befürchtete.

Der Test in der Zeitschrift «Standpunkte» trug die Überschrift *Sind Sie depressiv? Finden Sie es in zehn Minuten heraus!* Eigentlich war ich nicht depressiv, ich fühlte mich in diesem Moment sogar gut gelaunt und machte den Test lediglich zum Zeitvertreib. Doch aus irgendeinem mir selbst verschlossenen Grund wollte ich zu dem Ergebnis gelangen: *Total depressiv*. Deshalb kreuzte ich mit voller Absicht immer die negativsten Antworten an. Vielleicht ist an dem Klischee von den melancholischen slawischen Völkern doch etwas dran.

Bei der Frage *Wie viele Stunden am Tag haben Sie in der letzten Woche tagsüber mit heruntergezogenen Rollläden im Bett verbracht, ohne zu schlafen?* gab es die Antworten *Mindestens zehn Stunden*, *Nicht mehr als eine Stunde*, *Ich schlafe immer bei offenem Fenster* und *Überhaupt nicht*.

Ich kreuzte an: *Mindestens zehn Stunden*, obwohl ich die meiste Zeit an der frischen Luft gewesen war.

Wieso sind solche Tests immer noch so beliebt? Wenn

man zehn Stunden am Tag im Bett schmort und dabei ständig die Jalousien heruntergezogen hat, muss es einem dann nicht selbst auffallen, dass man vielleicht depressiv ist? Und wenn einem das nicht auffällt, was kann dann so ein Test noch helfen?

Vielleicht gibt es auch Menschen, die erst einen Lichtempfindlichkeitsmesser aus Hightech-Material konsultieren müssen, bevor sie entscheiden können, ob sie in ihrem Wohnzimmer das Licht einschalten oder auslassen. Oder Leute, die zum Arzt gehen, nur damit der ihnen die Frage beantwortet, ob ihnen kalt ist. Sind Sie ein Mann oder eine Frau? Tragen Sie einen Bart? Leben Sie noch oder sind Sie schon tot? Machen Sie jetzt den Test!

Mit großer Sicherheit gibt es diese Tests auch in Polen. Aber irgendwie scheint darin etwas spezifisch Deutsches zu liegen. Man erfindet technische oder wissenschaftliche Lösungen für Probleme, die aus ganz anderen Gründen zustande gekommen sind und an denen die Wissenschaft gar nichts ändern kann. Anstatt dem eigenen Gefühl zu vertrauen, befragt man lieber eine komplizierte Maschine, die einem die Antwort ausrechnet. Die Deutschen wollen immer nur alles ausrechnen. Zahlen sind für die Deutschen wie eine Medizin.

Wie würden Sie Ihre momentane Gefühlslage insgesamt beschreiben?, las ich weiter. *Rundum sonnig und zufrieden*, *Heiter bis wolkig*, *An einigen Tagen bedeckt* oder *Beschissener Dauerregen?*

Ich kreuzte an: *Beschissener Dauerregen* und schrieb noch dazu: *mit Schlammlawinengefahr*.

Wegen dem deutschen Hang, die Dinge auszurechnen, hat das mit der Deutschen Mark auch so viele Jahre gut funktioniert. Sie ist immer stabil geblieben. Die deutschen

Rechner ließen sich nichts vormachen und achteten darauf, dass eine Mark am zweiten Tag noch genauso viel wert war wie am ersten. Aber vielleicht ist es auch genau umgekehrt: Wegen der Deutschen Mark können die Deutschen so gut rechnen. Weil der Wert einer Mark immer so konstant geblieben ist und weil sich daran bis heute nicht viel geändert hat, nur der Name der Mark, die jetzt Euro heißt, genau deshalb fällt den Deutschen das Rechnen und der Glaube an die Zahlen so leicht. Die Mark hat den Deutschen das Rechnen also erst beigebracht.

Selbst dem größten polnischen Rechengenie sitzt dagegen immer noch das Schwindelgefühl der großen Inflation aus den Neunzigern in den Knochen. Die Zahlenwelt wurde damals seekrank, und jeder einzelne Geldschein bereitete den Polen Übelkeit. Zehntausend Złoty für ein Paar Socken! Millionen für ein Fahrrad ohne Gangschaltung! Wer wäre da nicht verrückt geworden? Wie konnte man an die Zahlen glauben, wenn die Rechnung galt: Zehntausend Złoty plus eine Woche Inflation sind gleich hunderttausend Złoty? Die Inflation hat in den polnischen Köpfen alles durcheinandergebracht.

Daraus ergibt sich auch das unterschiedliche Verhältnis zum Geld. Viele Polen behaupten, die Deutschen seien besonders geizig. Aber damit wollen sie vor allem sagen, dass sie selbst sehr großzügig sind. Die Deutschen rechnen einfach nur genauer nach. Mit Geiz hat das nichts zu tun. Es gibt ihnen offenbar einen Kick, wenn sie alles in Zahlen quantifizieren und in möglichst exakte Portionen aufteilen können.

Wenn man mit mehreren Freunden in ein Restaurant essen geht, dann ist es in Polen schlicht unvorstellbar, die Rechnung später auf jeden Einzelnen oder auch nur auf die Paare aufzuteilen. Es zahlt einfach derjenige, der die beste Laune hat, oder man legt das Geld zusammen und rechnet alles über den Daumen. Genau genommen ist diese Sitte natürlich nicht besonders gerecht, denn manche essen und trinken sich den Bauch voll, während andere nur eine Vorspeise und ein Glas Mineralwasser bestellen, und trotzdem zahlen dann beide ungefähr gleich viel. Aber auf diese Weise hat man weniger mit den Zahlen zu tun und kann sich im Restaurant auf das Wesentliche konzentrieren, nämlich auf das Flirten. Und zwar mit Augen, Händen und Füßen.

Haben Sie in letzter Zeit regelmäßig gegessen? Ich kreuzte an: *Ich esse jeden Tag. Einmal.*

Zweimal war ich zu einer Geburtstagsfeier in einer Bar eingeladen, hatte viel Geld für ein sinnloses Geschenk ausgegeben, und dann wurde dort nicht ein einziger Drink spendiert; stattdessen musste jeder seine Getränke selbst bezahlen. Und ein deutscher Bekannter von mir verdient als Anwalt ziemlich gut. Einmal im Monat besucht er seine gebrechliche Mutter, die in Mecklenburg-Vorpommern nahe der polnischen Grenze in einem kleinen Landhaus wohnt. Nach jedem Besuch lässt er sich von ihr die Hälfte der Benzinkosten erstatten und ärgert sich dann auch noch, dass seine Mutter sie nicht komplett übernehmen will. Die Eltern dafür zahlen lassen, dass man sie besucht? Ich habe wirklich kein verklärtes Bild von den Menschen in Polen, eher im Gegenteil. Aber ich kann mir nicht vorstellen, dass es dort auch nur einen einzigen solchen Fall geben könnte – und das liegt nicht daran, dass dort das Benzin so billig ist.

Vielleicht hängt das Verhalten des Anwalts auch irgendwie mit der buchhalterischen Vorstellung zusammen, die man in Deutschland von Gastfreundschaft hat. Dabei geht es nämlich oft vor allem darum, dass das Verhältnis von Leistung und Gegenleistung rechnerisch ausgeglichen ist. Eine Einschränkung der eigenen Bequemlichkeit ist dem Gastgeber allenfalls gegen entsprechende Kompensation zuzumuten. Das gilt auch in Bezug auf die eigenen Eltern. Viele Berliner Studenten werden ein paar Mal im Jahr von ihren Eltern besucht; und weil sie meistens nur wenig Wohnraum zur Verfügung haben, finden sie es völlig normal, die Eltern entweder auf dem Boden oder in einem Hotel ein paar Straßen weiter schlafen zu lassen. Auch das ist in Polen undenkbar. Einem Gast bietet man das eigene Bett an, an diesem ehernen Gesetz ist nicht zu rütteln. Zur Not checkt man sich selbst im Hotel ein, damit der Gast den Komfort der eigenen Wohnung nutzen kann.

Diese unterschiedlichen Auffassungen sorgten in den Neunzigern oft für Irritationen zwischen deutschen Touristen und polnischen Einheimischen. Besonders polnische Dorfbewohner glaubten, ihr spärliches Zuhause könne einem deutschen Touristen besonderen Komfort bieten. Ungefragt räumten sie ihre Wohnung und luden den umherirrenden Touristen ein, dort zu nächtigen. Der traute sich nicht, das Angebot abzulehnen, hatte aber irgendwie auch Angst, übers Ohr gehauen oder beklaut zu werden, und quälte sich am nächsten Morgen mit der Frage, ob der Gastgeber für die Bereitstellung seines privaten Bettes Geld haben wollte. In den meisten Fällen wollte der Gastgeber nichts weiter als eben ein guter Gastgeber sein. Aber das konnte wiederum der Deutsche auf keinen Fall glauben und hinterließ, nachdem er mehrfach mit seiner Ehefrau Rücksprache über die Höhe der Bezahlung gehalten hatte, einen kleinen Schein auf dem Nachttisch, wodurch sich der Pole wiederum beleidigt fühlte und beim nächsten Mal niemanden mehr einlud.

Bei welchen der folgenden Beschäftigungen, las ich weiter, *empfinden Sie die größte Befriedigung? Bei der Kommunikation mit anderen Menschen, Im Schlaf, Wenn ich alleine bin* oder *Beim Geldverdienen?* Ich stutzte. Welche Antwort sollte hier am depressivsten sein? War es problematischer, immer nur Geld verdienen oder immer nur schlafen zu wollen?

Aus der Vorliebe für den rechnerischen Vergleich ergibt sich auch die deutsche Vorliebe für die Geheimhaltung in Geldsachen. In Deutschland darf niemand über die Höhe seines Gehaltes sprechen. Besonders unter Kollegen fangen die anderen sonst sofort an, im Kopf eine Gleichung aufzustellen, in welcher sie womöglich schlechter dastehen, und schon gibt es Missgunst und Neid. In Polen ist so etwas kein Problem. Schließlich muss ein Pole erst mal eine Zeitlang überlegen, bis ihm auffällt, dass ein bestimmter Betrag höher oder niedriger ist als der andere. Außerdem gilt in Polen: Wer Geld hat, der will es auch zeigen. Sein Reichtum beweist nämlich nur, dass er alles richtig gemacht hat. Wie talentiert und tüchtig er ist. Jedenfalls darin, sich mit den Behörden zu arrangieren und die richtigen Leute zu bestechen.

So unterschiedlich wie das Verhältnis zum Geld ist auch die Beurteilung der eigenen wirtschaftlichen Lage. Weil man in Deutschland jahrelang von wirtschaftlicher Sicherheit verwöhnt wurde, hat man es einfach verlernt, mit der Unsicherheit klarzukommen. Kaum fällt die Prognose von ein paar Wirtschaftsweisen ein paar Prozentpunkte schlechter aus, rollt eine Welle von Panik durch das ganze Land. Wo bleibt unser Geld? Verlieren wir jetzt alle die Arbeit? Ist die Rente noch sicher? Als sei es bis zur totalen Pleite nur noch maximal eine Woche.

Manchmal ist während solcher Panikattacken auch von den drohenden «polnischen Verhältnissen» die Rede. Gemeint ist damit meistens der allgemeine wirtschaftliche Niedergang. Aber Polen steht wirtschaftlich inzwischen gut da, und das Wachstum des polnischen Bruttoinlandsprodukts liegt seit vielen Jahren konstant über dem deutschen. Doch die Erinnerung an Reisen nach Polen, wo alles so unglaublich billig war und die Einheimischen alle so ärmlich aussahen, sitzt immer noch tief im deutschen Gedächtnis. So wie die armen Polen will man auf gar keinen Fall werden.

Dabei wäre gerade die Krise eine schöne Gelegenheit, endlich einmal von den Polen zu lernen. Schließlich ist das alles bei ihnen noch gar nicht so lange her. Weil sie an ständiges Auf und Ab gewöhnt sind, fällt den Polen der konjunkturelle Optimismus viel leichter. Falls der Euro in die Inflation getrieben wird, stehen sie daher bestimmt als psychologische Berater zur Verfügung. Mit allgemeiner Ungewissheit kennen sie sich schließlich aus und könnten den Deutschen ein bisschen Gelassenheit vermitteln. Spaß haben, obwohl die Währung total am Boden ist – wie das geht, weiß man in Polen doch ziemlich gut. Die Polen könnten in der Wirtschaftskrise die Traumaberater der Deutschen sein und ihnen die Angst vor der Geldentwertung nehmen. So würden sie sich endlich einmal nützlich machen.

Hilfreich bei der psychologischen Betreuung könnte sogar der Groschen sein. Die kleineren Anteile des Złoty heißen nämlich heute noch so wie in den guten alten Zeiten der Deutschen Mark. Mit Groschenmünzen gefüllte Carepakete könnten von Osten nach Westen verschickt werden. Allein das Betasten von leibhaftigen «Groschen» und das damit einhergehende Gefühl von fiskalischer Geborgenheit würde den Deutschen vielleicht schon die Angst vor der Krise nehmen.

Wenn es im Supermarkt an der Kasse länger dauert – was denken Sie da?: Die alten, senilen Leute brauchen mal wieder zu lange mit dem Kleingeld, Kein Problem, ich kann warten, Ich wollte mir sowieso noch überlegen, was ich aus den Sachen koche oder *Ich denke voller Liebe an meinen Partner?* Ich war mir nicht sicher: Konnte das zwanghafte, liebevolle Denken an den Partner nicht auch etwas mit Depression zu tun haben?

Auf der nächsten Seite rechnete ich mir meine Gesamtpunkte aus. Ich kam auf neunzig von hundert möglichen Punkten.

Die Zeitschrift stellte mir folgende Diagnose: *Falls Sie noch leben: Suchen Sie bitte sofort einen Arzt auf! Oder machen Sie wenigstens für ein paar Wochen Urlaub! Zum Beispiel in Polen. Weitere Informationen zum unterschätzten Urlaubsland Polen finden Sie übrigens auf den folgenden Seiten.*

Gestohlene Fahrräder

ADAM Piotr und ich standen vor dem Club in der Torstraße herum und warteten wie so oft darauf, dass etwas Bedeutendes passierte. Meistens passierte nichts. Obwohl die Torstraße so stark frequentiert war.

In dem kleinen Möbelladen ein paar Häuser weiter herrschte wieder einmal reger Betrieb. Der Inhaber verkaufte nur ein einziges Regal in drei verschiedenen Farbtönen. Das Modell war einen Meter breit, in schlichtem Design gehalten und kostete knapp achthundert Euro. Angeblich bestand es aus ganz besonders stabilem und seltenem Holz. Das Regal war ein voller Erfolg. Die Leute rissen es dem Mann förmlich aus den Händen. Er kam mit der Produktion kaum nach. Nur aus *Liebe zu den kleinen Berliner Läden*, sagte er, habe er seine Filiale noch nicht in einen *Megastore* verwandelt. Piotr vermutete, dass er das Zeug im Hinterhof von einer Handvoll Polen zusammennageln ließ.

Die Sonne schien auf die andere Straßenseite. Wir ärgerten uns wieder mal, dass der Clubeingang fast den ganzen Tag im Schatten lag. Auch das war also wie immer.

Dann aber geschah etwas Außergewöhnliches: Das wunderschöne blonde Mädchen von nebenan trat aus dem Hausflur und näherte sich uns. Sie kam sogar mit schnellen Schritten direkt auf uns zu. Ihr Gesicht war voller Sommersprossen, und ihre Beine waren lang wie der Weg zum Erfolg. Schon vor einiger Zeit war sie uns aufgefallen, und seitdem hofften wir, dass sie irgendwann mal von allein in den Club kommen würde. Bisher war sie jedoch immer nur daran vorbeigegangen. Wie eine vorbeihuschende Maus, die sich nicht in die Höhle der polnischen Raubkatzen traute. Wollte sie heute endlich einmal über den Namen des Clubs diskutieren? Oder wollte sie sich über zu laute Musik beschweren? Oder einfach nur die Räumlichkeiten besichtigen?

«Hey, ihr beiden», hauchte sie und wies auf das Schild. «Ihr seid doch vom Club der polnischen Versager, stimmt's?»

«Ja, genau. Stimmt genau. Wir sind polnische Versager. Genau.» Piotr nickte verlegen, während ich schon zu irgendeinem schmetternden deutschen Ausruf wie *Jawohl, meine Dame! Das ist vollkommen korrekt!* ansetzen wollte.

«Also, es ist so», begann sie und lächelte schüchtern, «ich hätte da ein kleines Problem. Könntet ihr mir da eventuell weiterhelfen?»

«Klar.»

«Wir helfen überall, wo wir können.»

«Wir machen uns immer nützlich.»

Wer hätte ihr nicht bei irgendeinem kleinen oder riesengroßen Problem helfen wollen?

«Aber die Sache ist etwas heikel. Vielleicht sollten wir das nicht auf der Straße besprechen. Sind wir da drinnen irgendwo ungestört?» Einer ihrer Finger zeigte auf den Eingang des Clubs.

Piotr strengte sich sichtlich an, alle primitiven Impulse zu unterdrücken. Besonders gut gelang ihm das nicht. Er rümpfte die Nase über die primitiven Impulse und sah an ihrem Gesicht vorbei über die Straße. Hinterher streitet er dann immer alles ab und behauptet, er sei schließlich ein Intellektueller und kein Bauarbeiter. Ich starrte in ihre glänzenden blonden Haare.

«Ungestört? Klar. Kein Problem. Wir gehen vielleicht am besten in die Küche.»

Ich öffnete die Tür und führte die Nachbarin hinein. Wieso war sie eigentlich nicht schon früher vorbeigekommen? Sie war doch unsere Nachbarin. Was hatte sie abgehalten? Das Wort *Versager*? Oder fand sie es einfach nicht notwendig?

Zwischen den beiden Nachbarländern Polen und Deutschland ist es meistens nicht anders: Man kommt selten mal eben vorbei. Statt sich selbst ein Bild zu machen, wird die Wahrnehmung des jeweils anderen immer noch von Klischees bestimmt, die bereits seit Jahrhunderten in den Köpfen herumspuken.

«Wie ein Pole ist, jeder weiß»: So heißt es in einer populären Enzyklopädie aus dem Jahre 1745. Als Begründung dafür wird angeführt: «Wie ein Pferd, jeder weiß.» Das soll heißen, über ein Pferd muss niemand nachdenken, weil man Pferde jeden Tag sieht und seit langem weiß, wie sie ticken. Das war natürlich damals schon Unfug und ist heute nicht richtiger. Aber es zeigt: Pferde und Menschen über einen Kamm zu scheren, das ist äußerst praktisch.

So *weiß* heute jeder in Deutschland, dass niemandes Eigentum vor den Polen sicher ist. *Heute gestohlen, morgen in Polen!* Oder: *Besuchen Sie Polen, Ihr Auto ist schon da.* Oder: *Wer hat den Triathlon erfunden? Natürlich die Polen – zu Fuß zum Schwimmbad und mit dem Fahrrad zurück.* Bekanntlich gibt es unzählige solcher Witze und Sprüche.

Wie ist man überhaupt darauf gekommen, Polen mit Diebstahl in Verbindung zu bringen? Eine Theorie führt das auf den von Deutschen im 15. Jahrhundert verbreiteten Vorwurf zurück, die Polen hätten den Habsburgern die ungarische Stephanskrone gestohlen. Selbst das hat damals wahrscheinlich nicht gestimmt, und keiner weiß, was in Wirklichkeit mit dem königlichen Kopfschmuck geschehen ist. Aber die Deutschen hingen anscheinend an ihrer Stephanskrone, und irgendwer musste ja an ihrem Verschwinden schuld sein. Außerdem wollten sie die Polen mit der schlimmstmöglichen Diffamierung beleidigen: dem Diebstahl. Das war für die Deutschen schlimmer als Mord, Totschlag oder sexuelle Belästigung am Arbeitsplatz.

Habsburger? Stephanskrone? War was? An die Habsburger oder die Stephanskrone kann sich heute natürlich kein Schwein mehr erinnern, aber dass die Polen gestohlen haben, das ist irgendwie hängengeblieben.

Eine andere Theorie lautet, während des Sozialismus habe sich in den Köpfen der Polen ein anderes Verständnis von Eigentum herausgebildet. Wenn allen alles gehört, dann gehört niemandem etwas Bestimmtes beziehungsweise jedem Einzelnen alles. Und deshalb ist es ja nicht schlimm, wenn man dem anderen etwas wegnimmt – es gehört einem ja schon. Zum Beispiel kann man von einer öffentlichen Baustelle Ziegelsteine mitnehmen. Denn alles, was auf einer öffentlichen Baustelle verbaut wird, hat irgendwie mit dem allgemeinen Interesse und dem Gemeinwohl zu tun. Und darunter fällt schließlich auch das Wohl jedes Einzelnen. Man kann die Ziegelsteine also ruhig im eigenen Haus verbauen. Sie legal zu erwerben war damals ohnehin unmöglich.

Ende der achtziger Jahre ließ der polnische Staat beispielsweise in einem Teil von Lublin etliche Hochhäuser bauen. Immer wieder musste neues Baumaterial angeliefert werden, das nachts auf der Baustelle herumlag und von niemandem bewacht wurde. Nicht weit davon entfernt entstand zur gleichen Zeit ein riesiger Bezirk mit über hundert Einfamilienhäusern. Er erhielt später den Namen «Diebischer Bezirk», denn jeder wusste: Privatleuten war es offiziell gar nicht gestattet, Baumaterial zu kaufen. Das durfte nur der Staat selbst. Wer es also trotzdem schaffte, seiner Familie ein eigenes Häuschen zu bauen, konnte das Material dazu nur gestohlen haben.

Aber wieso denken die Deutschen nicht auch bei den Nordkoreanern oder den Russen oder den Ostdeutschen als Erstes an Diebstahl? Derlei «Missverständnisse» waren in anderen kommunistischen Ländern vermutlich nicht weniger verbreitet.

Die Vorstellung von den diebischen Polen hängt eng mit der von den faulen Polen zusammen. Wie konnte diese Vorstellung entstehen, wo doch polnische Bauern bereits seit Jahrhunderten fleißig und oftmals unentgeltlich als Landarbeiter auf preußischen Gutshöfen arbeiten mussten? Obwohl die Polen Anfang des zwanzigsten Jahrhunderts in den Bergwerken des Ruhrgebiets mit am härtesten schufteten? Hat man sich etwa absichtlich die faulsten Arbeiter ausgesucht?

Überhaupt scheint «polnisch» in Deutschland ausschließlich negative Nebenbedeutungen zu haben. Belege dafür gibt es genug. Im Schwäbischen Wörterbuch aus dem Jahre 1904 beispielsweise ist «ein polnisches Rindvieh» gleichbedeutend mit einem «Menschen, der dumme Streiche macht». Im Thüringer Sprachschatz von 1895 bezeichnet das Wort «polnisch» nichts anderes als «falsch und tückisch».

Oder nehmen wir die polnisch klingende Endung «-ski» wie in Trottelinski, Radikalinski und Besoffski. Sie erweckt den Eindruck, als seien Figuren, die in Deutschland unangenehm auffallen – wie Trottel, Radikale und Besoffene –, in Polen ganz besonders verbreitet. Als sei der Durchschnittspole ein geistig minderbemittelter Bombenwerfer mit Alkoholproblem.

Und dann ist da noch die Sache mit dem Wort «Polack». Natürlich weiß heute jeder, dass das ein rassistisches Schimpfwort ist. Aber erstaunlicherweise existiert im Deutschen kein vergleichbares Wort für Weißrussen, Rumänen, Jugoslawen, Letten oder Ukrainer – obwohl die Ukraine mehr als dreimal so groß ist wie Polen. Andererseits: Ein eigenes Schimpfwort für sich zu besitzen ist irgendwie auch ein Privileg.

Übrigens ist die Bedeutung von «Polack» keineswegs so eindeutig, wie man zunächst glauben könnte. Im 19. Jahrhundert bezeichnete das Wort nämlich nicht nur abwertend einen Bewohner Polens, sondern auch ein in Polen einheimisches Tier, zum Beispiel ein Pferd. «Ich hab den Polacken genommen», konnte damals also heißen: «Ich bin mit dem Gaul abgehauen.»

Im Nordharzer Dialekt war ein Polack ein «junges fleischiges Schwein», im Thüringer Dialekt dagegen ein «kastriertes männliches Schwein». Es konnte aber auch ein Huhn gemeint sein.

Und das ist noch längst nicht alles: Eine Polacke konnte auch ein dreimastiges Schiff mit Ruder und Verdeck sein, das vorwiegend im Mittelmeer unterwegs war. Außerdem konnte Polack für einen Rest von Tabak oder Wein stehen.

Und schließlich: Die Wendung «jemandem einen Polacken geben» bedeutete ihm einen Klaps auf den Hintern verpassen.

Zusammengenommen ergibt sich also folgendes Bild: Ein Polacke ist jemand, der sich gerne ein Pfeifchen stopft, dazu einen schönen Wein trinkt, auf dem Mittelmeer in einer Barke herumschippert und sich von einem beschnittenen Kellner einen mit Pferdewurst garnierten Schweinebraten servieren lässt.

Auch wir sind der Konfrontation mit solchen Klischees nicht entgangen. «Kennt ihr diesen einen Polenwitz?», werden wir immer noch gelegentlich gefragt. «Echt, den kennt ihr nicht? Krass, soll ich euch den mal erzählen?» Das Erstaunliche ist: Die Witzeerzähler scheinen immer zu glauben, als Pole werde man sich durch solche Beleidigungen geschmeichelt fühlen.

Meistens trauen sich Deutsche aber nicht, die Klischees in ihren Köpfen offen auszusprechen, sondern sind eher unangenehm berührt, wenn sie erfahren, dass man Pole ist. Ein zwangloses Gespräch ist danach meist nicht mehr möglich. Ein mit Piotr befreundeter Arzt hat einmal behauptet, es gebe ein todsicheres Mittel, auf Partys von allen in Ruhe gelassen zu werden: «Man muss nur sagen, dass man aus Polen kommt. Das vertreibt die Deutschen automatisch. Wer sich amüsieren will, der hat keine Lust, über Krieg und Versöhnung zu sprechen.»

Im Allgemeinen wird die Frage «Kommst du aus Polen?» immer noch mit großem Aufwand vermieden. Man will ja niemanden beleidigen. Oder so wirken, als bewerte man die Menschen nach ihrer Nationalität. Viele Deutsche, vor allem die politisch korrekten, fragen deshalb lieber: «Was ist deine Muttersprache?» So kann der Pole immer noch ein Amerikaner oder Franzose mit polnischen Wurzeln sein.

Wenn man Piotr fragt, woher er kommt, trickst er manchmal. Er sagt: «Ich komme aus Polen», nuschelt das Wort «Polen» aber so stark in seinen Bart, dass es sich anhört, als habe er gesagt: «Ich komme aus Bonn.» Das findet man zwar in Berlin auch oft lustig, ansonsten aber nicht weiter schlimm.

Im **Kampf gegen Klischees** haben wir seit unserer Ankunft vier Phasen durchlaufen:

Phase 1: Rechtfertigung und Widerlegung

Stimmt ja gar nicht! In anderen Ländern wird viel mehr gestohlen. Schon mal in Sizilien Urlaub gemacht? Und überhaupt: Auch in Deutschland wird geklaut! Und die Täter sind keineswegs immer Polen, nur weil die gestohlene Ware manchmal in Polen wiederauftaucht. Ist alles wissenschaftlich erwiesen! Kann man überall nachlesen! Das geht alles auf einen historischen Irrtum zurück! Außerdem haben wir selbst noch nie jemanden bestohlen! Wir schwören es! Wir wissen gar nicht, wie so etwas geht!

Wir rechtfertigten uns und redeten uns den Mund fusslig, waren aber nicht sehr erfolgreich. Je mehr wir uns rechtfertigten, desto schuldiger fühlten wir uns. Und je länger die Leute über das Klischee nachdachten, desto stärker verfestigte es sich in ihren Köpfen, selbst wenn sie wussten, dass es nicht stimmte.

Phase 2: Verweigerung

Ist doch alles nur ein blödes Stereotyp! Dazu sagen wir gar nichts! Damit geben wir uns gar nicht erst ab! Redet doch mal von was anderem! Einem Menschen kommt man nicht dadurch nahe, dass man ihn in die ewig gleichen Klischees hineinpresst!

Wenn ein Gespräch in ein Klischee abzudriften drohte, dann wandten wir uns einfach ab oder versuchten krampfhaft, ein anderes Thema anzuschneiden.

Besonders viel Spaß hat das allerdings nicht gemacht. Und es war schwer, die Verweigerung konsequent durchzuhalten. Dann hätten wir auch den Wodka ablehnen müssen.

Phase 3: Gegenangriff

Um den Deutschen ihre Polenwitze heimzuzahlen, gründeten ein paar beleidigte Polen ein Internetportal, das auch wir ein paar Mal neugierig aufgesucht haben. Es handelte sich um eine Art propagandistischen polnischen Gegenschlag. Eine Rückeroberung des Denunziationsterrains. Jeder konnte auf der Seite Deutschenwitze hochladen und verbreiten. Auf der Webseite stand: *Zeigt es den Deutschen!* und *Jetzt wird auch mal über die Deutschen gelacht!*

Zuerst sympathisierten wir mit der Idee. Doch die Initiative entpuppte sich als totaler Flop. Entweder hatten die Polen keine Lust, sich über die Deutschen lustig zu machen, weil sie allein schon lustig genug waren, oder ihnen fielen einfach keine Witze ein. Fast niemand beteiligte sich. Pro Woche wurde oft nur ein einziger Witz hochgeladen. Wir hatten den Verdacht, dass sich hinter mehreren Usernamen derselbe, verbitterte Pole verbarg, dessen Ehefrau vermutlich vor geraumer Zeit mit einem Deutschen durchgebrannt war. Außer ein paar lahmen Sprüchen über die angeblich weniger attraktiven deutschen Frauen wie *Was ist der Unterschied zwischen einem Hund und einer deutschen Frau? Es gibt keinen!* oder *Was ist das Schöne an deutschen Frauen? Sie sehen von vorne genauso wie von hinten aus!* oder *Woran erkennst du, dass du in Deutschland bist? – Wenn die Kühe hübscher sind als die Frauen!* kam dabei gar nichts heraus.

Phase 4: **Satire**

Nach einiger Zeit begannen wir, uns mit der Existenz von Klischees abzufinden, und bemühten uns, das Ganze möglichst mit Humor zu nehmen. So ist es eben, sagten wir uns. Als Deutscher muss man schließlich auch damit rechnen, im Ausland hin und wieder mit einem zackigen Hitlergruß empfangen zu werden – und das ist dann meistens noch nicht mal als Beleidigung gemeint. Dagegen ist das mit dem Stehlen doch ganz okay: lieber Dieb als Diktator. Und Autos stehlen, sagten wir uns, ist immer noch besser, als welche anzuzünden, wie es in Berlin Usus ist. Und selbst wenn das mit dem polnischen Autodiebstahl stimmen würde: Dann sollen die Deutschen den Polen doch eher dankbar sein! Denn Autos sind versichert, und neue Autos verursachen Wirtschaftswachstum. Diebstahl bedeutet Aufschwung. Diebstahl ist gut. Nicht ohne Grund wird den deutschen Autoherstellern seit Jahren vorgeworfen, ihre Autos nicht besonders diebstahlsicher zu machen, da sie an jedem neuen Auto verdienen.

Außerdem werden deutsche Autos doch nur deshalb gestohlen, weil sie so gut verarbeitet sind. Kein polnischer Autodieb würde seine Zeit damit verschwenden, einen Fiat oder einen Renault aufzubrechen. Man kann den polnischen Autodieben alles vorwerfen, mangelndes Qualitätsbewusstsein jedoch nicht.

Einmal wurde ich gefragt: «Kennt man in Polen eigentlich Kugelschreiber?» – «Nicht dass ich wüsste», antwortete ich, «in Polen schreiben wir meistens mit der Hand.»

Wir drehten die Klischees einfach um. Auf diese Weise kamen wir ganz gut damit aus.

Das kleine Problem der schönen Nachbarin war übrigens doch nicht so geheimnisvoll: Man hatte ihr das Fahrrad aus dem Hinterhof gestohlen.

«Ich will mein Fahrrad wiederhaben. Wo ist mein Fahrrad?», sagte sie und sah uns herausfordernd an.

«Was? Wieso? Keine Ahnung.» Piotr verstand offenbar ihre Frage nicht. «Wir haben nichts gesehen. Hast du die anderen Nachbarn gefragt?»

«Nein. Wieso die anderen?»

«Also ... Wir haben nichts Verdächtiges gesehen.» Piotr stand neben den leeren Bierkästen und der Darth-Vader-Maske

«Aber ihr kommt doch aus Polen, oder nicht? Dann müsst ihr doch was mit der Sache zu tun haben.»

«Tut uns leid.» Endlich war der Groschen bei Piotr gefallen. «Tut uns wirklich leid. Da können wir dir nicht helfen.»

Ich nickte. «Da können wir gar nichts machen. Leider nicht.»

Eigentlich hätten wir empört sein müssen. Dieses Stereotyp. Dieser Unsinn. Als würden die Polen nicht nur jedes Fahrrad klauen, sondern sich auch noch gegenseitig ständig darüber informieren, sodass jeder Pole in der Stadt in Echtzeit mitbekam, welcher von seinen Freunden gerade was für ein Fahrrad herumfuhr oder weiterverkaufen wollte.

Aber statt uns aufzuregen, bekamen wir ein schlechtes Gewissen. Sie hatte doch nur gefragt. Was war denn dabei?

Sie war doch so zart und unschuldig. Und sie hatte uns ja auch nicht als Polacken bezeichnet. Fast wünschten wir uns, das Fahrrad wirklich geklaut zu haben. Nur, um es ihr jetzt zurückgeben zu können. Um mit ihrem Lächeln belohnt zu werden.

«Tut uns echt leid. Wenn wir es zufällig sehen, sagen wir dir gerne Bescheid.»

Die Nachbarin verließ den Club, und der Zauber ihrer Schönheit war verflogen Wir ärgerten uns, fühlten uns betrogen. Jetzt erst fiel uns ein, wie wir hätten reagieren sollen: wie im Kindergarten.

«Du suchst dein Fahrrad? Warte mal. Wir machen einfach das Licht aus und zählen bis zehn. Vielleicht ist es dann wieder da.»

Die Nachbarin hat die Clubräumlichkeiten nicht wieder betreten, und wir sind dort seitdem auch nur noch selten mit Klischees konfrontiert worden.

In fast allen Berliner Kneipen gibt es große Schilder mit der Aufschrift: «Vorsicht, Taschendiebe!» Im Club der polnischen Versager jedoch nicht. In seiner gesamten Geschichte ist es noch zu keinem einzigen Taschendiebstahl gekommen. Oder sind die Gäste in einem polnischen Club vielleicht nur besonders wachsam?

Deutsche Dialekte

In Polen ist das Bild vom angeblich *harten* Deutschland immer noch so präsent, dass man den Eindruck bekommen kann, ganz Deutschland bestünde nur aus Beton. Ein hellgrauer, genormter Quader von der Oder bis zum Rhein. Ein einziger großer Block, an dem höchstens Bayern ein bisschen lockerer sitzt. Deshalb ist man als Pole immer wieder überrascht, wie unterschiedlich die Menschen innerhalb Deutschlands so sind. Und vor allem: ihre Aussprache.

Keiner von uns war auf die deutschen Dialekte vorbereitet. Auch im Polnischen gibt es zwar leichte regionale Unterschiede, aber fünfundneunzig Prozent der Polen sprechen und schreiben gleich. Die deutsche Sprache, dachten wir, sei in jedem Winkel Deutschlands mindestens so regelmäßig wie das Verhältnis von Kies und Teer im Bodenbelag einer deutschen Autobahn. Wenn jede kleinste Schraube in Deutschland nach DIN-Norm gefertigt wird, muss es doch auch für etwas so Wichtiges wie die Aussprache der deutschen Wörter eine einheitliche Regelung geben, dachten wir.

Dann hörten wir zum ersten Mal jemanden bairisch sprechen. *Richtiges* Bairisch. Also nicht nur von «Grüß Gott» und «Servus» eingerahmtes Hochdeutsch. Tiefster bairischer Dialekt. Wir fragten uns: Was redet der da? Welche Phantasiesprache soll das sein? Wir verstanden kein Wort und sagten uns: Von diesen Ausländern wird es in Deutschland schon nicht so viele geben. Das sind höchstens ein paar arme Irre, die mutwillig alles schief aussprechen, um uns Polen eins auszuwischen.

Aber weit gefehlt. Je mehr man von Deutschland zu sehen bekommt, desto mehr seltsame Dialekte findet man. Von wegen Ordnung! Außerdem fällt einem auf, dass nicht mal die Autobahn überall gleich gut gebaut ist. Es gibt zwar nur ganz selten Schlaglöcher. Doch die Qualitätsunterschiede der Straßen sind offensichtlich. An einigen Stellen ist der Asphalt ganz frisch und tiefschwarz, an anderen liegen noch die alten Betonplatten aus dem Zweiten Weltkrieg hintereinander; im Auto ist es dann jedes Mal bis in die Knie zu spüren, wenn man über eine der Ritzen fährt.

Die Dialekte machen uns immer wieder zu schaffen. Jahrelang hatten uns Deutschlehrer die richtige Aussprache eingebläut, und dann erfuhren wir plötzlich, dass sich die Deutschen selbst nicht daran halten. Je mehr Dialekte wir kennenlernten, desto nachhaltiger wurde unser Glaube an die deutsche Grammatik beschädigt.

In Norddeutschland funktioniert das intuitive Verstehen noch einigermaßen gut. Dort wird ja auch meistens nur ein einziges Wort oder ein kurzer Satz gesagt, der viel Raum für ganz unterschiedliche Interpretationen lässt. Eine kurzzeitig mit uns befreundete Polin war beispielsweise eine Zeitlang mit einem norddeutschen Ingenieur zusammen. Auf ihrer ersten gemeinsamen Reise beugte er sich zu ihr, spitzte die Lippen und sagte: «Du bist okay» und «Du bist in Ordnung!», was sie derart empörte, dass sie sowohl die Reise als auch die Beziehung unter einem Vorwand abbrach. Erst viel später hat sie erfahren, dass der norddeutsche Ingenieur ihr eine Liebeserklärung gemacht hatte, die nicht weniger bedeutete als «Du bist die schönste Frau der Welt, deine Augen leuchten wie Sterne, und dein Anblick lässt mein Herz zerspringen».

Richtung Süden wird es dann immer schwieriger, das Gehörte mit den geschriebenen, mühsam gelernten Wörtern der deutschen Sprache in Verbindung zu bringen. Aber auch die Akzeptanz für das Hochdeutsch wird zunehmend kleiner, je weiter man sich den Alpen nähert.

Bereits in Mitteldeutschland muss man mit den Grußformeln aufpassen. Ein aus Norddeutschland in Erinnerung gebliebenes und um vier Uhr nachmittags geäußertes «Moin!» kann einem nun schon tadelndes Kopfschütteln eintragen. «Den ganzen Tag nur im Bett gelegen, oder was?» Das rheinische «Tschö!», am falschen Ort verwendet, wird gar nicht als ordentliche Verabschiedung verstanden, sondern nur als ein unhöflicher, unpassender Ausruf am Ende eines Gesprächs. Und wer zu weit nördlich schon mit dem «Grüß Gott» anfängt, kann sich auf ein sarkastisches «Na klar, wenn ich ihn sehe» gefasst machen.

Das Präfix «Mittel-» in Mitteldeutschland täuscht allerdings, denn es klingt nach einem rechnerischen Mittel beziehungsweise dem Durchschnitt. Oder nach Mittelmaß. Also ungefähr nach einer Note «befriedigend» für die Aussprache. Aber das ist noch viel zu gut. Schließlich gehören zum Mitteldeutschen auch das Hessische und das Sächsische. Zwei Ausdrucksweisen, die trotz der jahrzehntelangen Trennung durch eine Mauer immer noch viel gemeinsam haben. Zum Beispiel, dass sie beide gleich bescheuert klingen.

Für einen Polen sind diese Dialekte nicht nur völlig unverständlich. Es ist ihm auch gänzlich unmöglich, mit seinen Lippen solche Laute hervorzubringen. Viele Polen, die zum ersten Mal Sächsisch hören, glauben, es handele sich um deutsches Tschechisch. Beides klingt für polnische Ohren nämlich sehr harmlos und naiv. Deshalb fällt es den Polen oft schwer, einen Tschechen auf Anhieb ernst zu nehmen, denn die tschechischen Wörter klingen gegenüber dem Polnischen so niedlich wie das Holländische gegenüber dem Deutschen. Die Wörter wirken im Tschechischen verniedlicht und verkleinert. Wie eine süße Babysprache. In Polen lacht man sich krumm, wenn man Tschechisch hört.

Wahrscheinlich hat das auch Hitler erkannt, denn an die Ostfront schickte er vor allem Schwaben und nur wenige Sachsen. Der Aufruf «Hönde höch, ihr blöden Bölen!» jagt schließlich keinem Polen Angst ein. Egal wie laut er geschrien wird. Da hilft auch kein Maschinengewehr.

«Hände hoch!» waren übrigens die ersten deutschen Wörter, die wir überhaupt gelernt haben. Und zwar bereits im Alter von sechs Jahren. Angetrieben von den perversen Phantasien der kommunistischen Staatsmacht und unseren Bildschirmhelden aus der Serie «Vier Panzersoldaten und ein Hund», spielten wir als Kinder oft Krieg. Mit selbstgebauten Pistolen aus Ästen und Kochlöffeln schossen wir uns gegenseitig ab. Was der Ausruf «Hände hoch!» bedeutete, wussten wir damals natürlich noch nicht. Wir sprachen es ungefähr wie «Hendeho» aus und verwendeten es wie das kriegerische Zauberwort für die totale Kapitulation der deutschen Besatzer. Dass «Hendeho» in Wirklichkeit aus zwei einzelnen Wörtern bestand, haben wir erst sehr viel später erfahren.

Auch ein weiterer mitteldeutscher Dialekt lässt sich nur schwer ernst nehmen: das Kölsche. Allein schon wegen dem Karneval. Die rheinländische Karnevalskultur ist einem Polen so fremd wie dem Deutschen die polnischen Pilgerfahrten nach Tschenstochau zur Heiligen Maria Mutter Gottes, die dort polizeilich gemeldet ist. «Kölle alaaf» klingt für polnische Ohren wie ein abgewandeltes «Heil Hitler», nicht zuletzt deshalb, weil die Handbewegungen beim Kamellewerfen einem Hitlergruß ähneln. Doch keine Angst: Das ist nur der alte polnische Reflex, in jeder deutschen Absurdität gleich das alte Nazideutschland wiederzuerkennen. Absurd erscheinen uns auf jeden Fall «Weiber», die Schlipse abschneiden, Männer, die sich als Frauen verkleiden, Massen, die im betrunkenen Gleichschwung schunkeln, und ein Karnevalszug, der im Regen und bei starker Brise auf lustig macht.

Der kölsche Singsang klingt, als müsste man mindestens komplett betrunken sein, um ihn auch nur ein bisschen zu beherrschen. Tatsächlich lallten wir in Berlin einmal nach sehr viel Wodka so laut und leiernd auf Deutsch, dass uns die Nachbarn für Kölner hielten. «Geht's zurück ins Rheinland!», riefen sie uns vom gegenüberliegenden Fenster mit wütender Miene zu und drohten sogar mit der Faust.

Seitdem haben wir eine Theorie: Die deutschen Dialekte sind aus den regionalen kulinarischen Gewohnheiten entstanden. Erst kam das Essen, dann die Dialekte. Je nachdem, was man gerade im Mund hat, klingt das Gesagte völlig unterschiedlich.

Unsere Theorie wurde mehrmals bestätigt. Einmal saßen wir im Schwabenland in einer kleinen Dorfkneipe. Wegen unserer polnischen Paranoia unterhielten wir uns auf Deutsch. Zwar hatte uns niemand misstrauisch beäugt, und die Schwaben sind auch nicht gerade als fremdenfeindliches Völkchen bekannt, aber man weiß ja nie. Sicher ist sicher. Wir hatten jeweils eine große Portion gebratene Käsespätzle mit Zwiebeln und Kraut bestellt und waren überrascht, wie fettig und klebrig sich die Spätzle im Mund anfühlten. War das etwa Absicht? Oder ein Versehen? Die Spätzle klebten uns die Zungen am Gaumen fest, sodass wir nur komische Laute von uns geben konnten. Unwillkürlich sprachen wir Schwäbisch. Aus *Kannst du mir mal bitte das Salz reichen?* wurde *Kannschtu mümmelbitt des schalz raische,* und *Piotr, die Spätzle sind ganz schön fettig* wurde automatisch zu *Piotsch, wasch dir endlisch mal die Bäcksche,* und als der Kellner fragte: *Schmecktsch Ihnen?*, verstanden wir: *Hände hoch!*

Je mehr Käsespätzle wir aber in uns hineinschaufelten und je lauter wir uns mit vollem Mund unterhielten, desto freundlicher sahen uns die anderen Gäste an. Niemand verdächtigte uns als Polen. Wir wurden als Schwaben akzeptiert. Leider konnten wir jedoch weder uns selbst noch die Schwaben verstehen. Keinen einzigen Satz! Es war einfach zu viel Genuschel. Aber das störte an diesem Abend niemanden. Der Käse klebte uns zwischen den Zähnen, wir nuschelten und tranken mit den Einheimischen. Essen und Trinken, das konnten wir schließlich schon immer.

Um einen deutschen Dialekt zu erlernen, folgerten wir, müssen wir nur möglichst viel von den Spezialitäten der jeweiligen Region verzehren. Wir wollten mit einem einfacheren Dialekt anfangen. Berlinerisch zum Beispiel. So schwer konnte das mit dem «Icke» ja nicht sein. Innerhalb eines Monats aßen wir also, grob geschätzt, ungefähr vierhundert Currywürste und einhundertfünfzig Buletten. Danach hatten wir hohes Fieber und Hautausschlag. Außerdem dünsteten wir einen strengen Geruch nach rohem Schweinedarm aus. Aber Berlinerisch konnten wir immer noch nicht.

Vielleicht ist die Theorie doch nicht ganz ausgereift. Aber wir hörten nicht auf, uns für die deutschen Dialekte zu interessieren. Eine Reise durch die deutschen Dialekte ist schließlich voller Überraschungen.

Nur in Bayern ist endgültig Schluss mit lustig. Und zwar nicht nur, weil die Menschen aus dem Gebiet der «Saupreißen» jetzt eigentlich «Saupolen» heißen müssten. Für einen ausländischen Hochdeutsch-Absolventen hat Bayrisch nichts mehr mit der deutschen Sprache zu tun. Egal, wie gut er seine deutschen Lektionen gelernt hat, in Bayern muss er noch mal ganz von vorne anfangen. Während es den Norddeutschen gelingt, aus mehreren Sätzen nur ein paar kurze Worte zu machen, packen die Bayern tausend Worte in einen einzigen Satz. Aus dem bayrischen Mund kommt eine Flut von Wörtern. Für einen Polen ist das eine unverständliche Überschwemmung.

Bayrisch ist außerdem nicht nur ein Nuscheln mit offenem Mund, es kommt auch noch ein lautes, knackendes Schmatzen dazu. Als würde man Hendl mit Knochen so weich kauen wie eine Weißwurst und die Pampe dann in einem Schwall herausspucken. Und dabei nicht nur sprechen, sondern gleichzeitig noch gestikulieren und alle möglichen Grimassen schneiden.

Dies hat allerdings auch Vorteile. Das Gespräch mit einem Bayern läuft nahezu von selbst. Man muss weder fragen noch antworten. Außerdem reicht es zum groben Verständnis völlig aus, auf die Gesten zu achten, mit welchen ein Bayer gewöhnlich seinen Redeschwall unterlegt. Seine unverständlichen Worte schmücken das, was er mit den Händen schon deutlich sagt, nur noch ein bisschen aus.

So landet man nach einer Reise von der polnischen Grenze bis nach Süddeutschland wieder ganz am Anfang der deutsch-polnischen Verständigung: bei der Kommunikation mit Händen und Füßen.

Das Geheimnis des Bigos

PIOTR Die deutsche und die polnische Küche haben etwas gemeinsam: Sie haben nicht gerade den besten Ruf. Weder in der Welt noch im eigenen Land. «Polnische Küche» und «deutsche Küche», das klingt in beiden Ländern eher wie eine Warnung. «Zum Italiener» oder «zum Vietnamesen» gehen ist in Deutschland ein Synonym dafür, einigermaßen wohlschmeckend zu essen. «Ich gehe zum Deutschen» hat dagegen gar keine Bedeutung. Wenn überhaupt, dann klingt der Satz «Heute Abend gehen wir zum Deutschen um die Ecke» eher nach einem Besuch im Swingerclub oder beim Schlachter.

Ein einziges Mal im Leben wollten wir der polnischen Küche deshalb einen guten Dienst erweisen. Per E-Mail hatte sich ein deutscher Restaurantkritiker bei uns gemeldet, ein gewisser Dr. Christian Greifendorf. Er sei auf der Suche nach einem guten polnischen Restaurant, hatte er geschrieben. Ob wir ihm da vielleicht weiterhelfen könnten? Oder ob wir vielleicht sogar selber bereit wären, ihm «die polnische Küche» ein bisschen näherzubringen?

Vier Tage später standen wir in meiner Küche. Wir wollten es dem Restaurantkritiker zeigen. Das Problem war allerdings: Wir hatten lange überlegt, aber als typisch polnisches Gericht war uns nur Bigos eingefallen. Der Bigos.

Der polnische Gemüseeintopf mit Sauerkraut. Also kochten wir eben Bigos.

Oder besser gesagt: Der Bigos kochte bereits seit einem halben Tag. Bis jetzt hatten wir uns nicht getraut, ihn zu kosten. Im ganzen Raum lag ein strenger Geruch von Sauerkraut, zerkochtem Gemüse und Spuren von Früchten und Pilzen.

Wir hatten ohne Rezept losgelegt und einfach sämtliches Gemüse, das in unseren Kühlschränken zu vergammeln drohte, in einen großen Topf geworfen, den Herd angeschaltet, die Reste eines alten Hähnchens hinzufügt und immer wieder Wasser und Wein nachgegossen. So hatten wir den typisch polnischen Bigos in Erinnerung: Gemüse sammeln und die gefährlichen Vitamine möglichst lange abkochen.

In den ersten Stunden hatte der Bigos vor allem nach Möhren gerochen, seit einiger Zeit dominierte jedoch das Sauerkraut.

Im Sozialismus war Polen ungefähr so ein Gourmettempel wie ein Gefängnis. Schließlich konnte man die meisten Zutaten nirgendwo bekommen. Die polnischen Gerichte sind in ihrer Mehrzahl sowieso geklaut. Die Pierogi kommen zum Beispiel aus der Ukraine. Und der Barschtsch ist eigentlich russisch. Trotzdem ist es den Polen unglaublich wichtig, dass ihre Mutter den besten Barschtsch kocht. Manchmal gehen deshalb sogar Ehen auseinander. Angeblich hat in Polen einmal jemand seine Frau umgebracht und dann versucht, die Blutflecke als verschütteten Barschtsch auszugeben. Als er verhaftet wurde, gab er zu Protokoll, er sei mit dem traditionellen Barschtsch seiner Frau nicht zufrieden gewesen.

Der Bigos sah nicht gut aus. Aus dem Gemüse war inzwischen eine dicke, pampige Masse geworden. Sie blubberte vor sich hin wie ein teuflisches Gebräu oder ein Hexentrank, der Unsichtbarkeit verlieh oder Bärenstärke.

«Was ist das denn?», jammerte ich. Vor meinem inneren Auge sah ich das furchterregende Gesicht des wütenden Restaurantkritikers. Ich hatte mir eine Schürze mit einem aufgestickten Lothar Matthäus umgebunden und hielt einen Kochlöffel in der Hand. Nach langem Zögern rang ich mich dazu durch, den Bigos zu kosten.

«Hmm», machte ich und lächelte Adam an. Aber es gab nichts zu beschönigen – es schmeckte fürchterlich. Ich gab den Löffel an Adam weiter. «Probier du mal.»

«Nicht nötig.» Mein Gesichtsausdruck war offenbar nicht misszuverstehen. Adam zuckte mit den Schultern. «Wahrscheinlich hätten wir lieber etwas Französisches kochen und das dann als polnisch ausgeben sollen», sagte er.

Ein Bekannter von mir hatte auf diese Weise viele Deutsche beeindruckt: Er verschwieg alles, was mit Polen zu tun hatte, und benutzte stattdessen bei jeder Gelegenheit französische Wörter und Wendungen wie «s'il vous plaît». Außerdem redete er so oft wie möglich von Paris.

«Nachher denkt der Herr Greifendorf noch, wir wollen ihn vergraulen.»

«Wir könnten immer noch schnell nach unten zum Döner», schlug ich vor und zeigte in die Richtung, in welcher ich den nächsten Dönerladen vermutete.

«Wir sollen einem Restaurantkritiker Döner servieren? Als polnisches Gericht?»

«Vielleicht wird der Bigos ja auch noch besser, wenn er ein bisschen durchzieht. Lass uns einfach abwarten.» Ich sagte das, obwohl ich wusste, dass es unwahrscheinlich war. Wann ist eine breiige Masse je dadurch besser geworden, dass man sie länger kochen lässt?

«Oder warte mal ...» Mir kam eine Idee. «Wir verfeinern den Bigos mit ein paar getrockneten Pflaumen. Gehören die nicht sowieso in das Originalrezept?»

«Genau, das wird ihn bestimmt retten. Exquisite Idee.» Ich sah zu, wie Adam die Trockenpflaumen aus dem Regal nahm und eine Handvoll in die köchelnde Suppe gab.

«Damit kann nichts mehr schiefgehen.»

Adam nickte. Keiner von uns traute sich jedoch, noch einmal zu probieren.

Wir schlossen den Topf, schalteten den Herd auf kleine Flamme und gingen ins Wohnzimmer, um den Tisch zu decken. Vielleicht würde sich das Problem von selbst lösen.

Seit meiner Ankunft hatte ich damit begonnen, die polnische Vergangenheit zu romantisieren. Die korrupte Bürokratie, hatte ich mir gesagt, die war doch eigentlich ganz lustig. Und die Polizisten mit ihren veralteten Schnurrbärten und ihren komischen, aus der Mode gefallenen Uniformen kamen mir bald schon ulkig vor. Während ich die Teller verteilte und einen Kerzenständer in die Mitte des Tisches stellte, versuchte ich ebenfalls, die Dinge positiv zu sehen. Der Bigos, der dort in der Küche köchelte, war zwar nicht gerade lecker. Das hatte ich eben noch selber festgestellt. Aber so schlimm war er eigentlich auch nicht.

«Wir können ja betonen, dass der Bigos hausgemacht ist», überlegte ich.

«Stimmt», entgegnete Adam, «aber das funktioniert bei den Deutschen nicht. Das klappt nur bei den Polen.»

Polnische Restaurants wissen schon lange, dass sie die Gäste nicht allein mit dem Hinweis auf ihre «polnische»

Küche locken können. Also haben sie sich ein zusätzliches Prädikat ausgedacht: «hausgemacht».

Überall, wo man in Polen hinkommt, vor allem in den Dörfern und Kleinstädten, werben die polnischen Restaurants damit, dass ihr Essen ganz besonders «hausgemacht» sei, und zwar mit Hilfe von «alten, guten Rezepten». Häufig nageln sie große Schilder an den Ortseingang, deren Inhalt so viel bedeutet wie «Futtern wie bei Muttern» oder «Essen wie in der guten alten Zeit». Gerne behauptet man auch: «Bei uns schmeckt es wie zu Hause bei Oma.»

Bei näherer Betrachtung ist das natürlich Unsinn, schließlich sagt es rein gar nichts über die Qualität eines Gerichts aus, wo es zubereitet wurde. Sonst könnte man ja auch das Essen in einem Gourmetrestaurant mit den Worten «Essen wie neben dem Klo» schlechtmachen, nur weil zwanzig Meter hinter den Tischen nun mal die Toiletten sind. Außerdem ist es ohnehin absurd, lediglich deshalb aus dem Haus zu gehen, um etwas besonders «Hausgemachtes» zu teuren Preisen zu bestellen.

Aber die Polen fallen reihenweise darauf herein – sie stehen ebenso sehr auf «hausgemacht» wie die Deutschen auf «Öko» und «Bio».

«Ein halbes Jahrhundert lebe ich nun schon in Polens Nachbarschaft, aber erst jetzt bekomme ich die Gelegenheit, ein original polnisches Gericht zu kosten!», sagte Herr Greifendorf, als er zwei Stunden später die Wohnung betrat. Er sah uns wohlwollend an, als täte er uns einen großen Gefallen damit, etwas Polnisches zu probieren. «Und dann auch noch von zwei so charmanten originalen Polen zubereitet! Meine Herrschaften, ich denke, wir schreiten dann mal zur Tat. Sie können mich übrigens Christian nennen.»

«Ja, Herr Greifendorf», sagte ich, «das freut uns auch.»

Adam und Herr Greifendorf setzten sich an den gedeckten Tisch. Ich zündete die Kerze an und ging mit schlechtem Gewissen in die Küche. Immerhin war es eine Weltpremiere, ein alltägliches Essen wie Bigos bei Kerzenschein zu servieren, aber am liebsten wäre ich weggelaufen. Es gab kein Entkommen.

Voller Pein tischte ich den Bigos auf und lüftete den Deckel.

Es war eine entsetzliche Pampe geworden. Im Prinzip so ungenießbar wie das Programm einer sozialistischen Partei. Die Farbe der Pampe war jedoch eher rechtsextrem. Wenn man genügend Gemüsefarben mischt, kommt irgendwie immer Braun heraus.

Ich goss uns allen eine große Portion Bigos auf den Teller. Währenddessen überlegte ich fieberhaft, mit welchem Trick ich es vermeiden konnte, noch mal davon essen zu müssen. Für eine Flucht war es zu spät. Verdrängen konnte ich den großen Topf auch nicht. Übelkeit vortäuschen ging vielleicht. Aber auf so eine Schauspielerei war ich nicht vorbereitet.

«So», sagte ich, «dann also guten Appetit.»

«Oder, wie man auf Polnisch sagt: smacznego!», sagte Adam.

«Schmatz nicht so! Damit kann man sich das am besten merken!», erläuterte ich.

«Aha», machte Herr Greifendorf.

Der Kritiker hob seinen Löffel.

«In Polen», begann ich, um Zeit zu gewinnen, «nutzt man jede Gelegenheit, um Wodka zu trinken. Wenn man heiratet, trinkt man, wenn ein Kind geboren wird, trinkt man, und wenn es getauft wird, dann trinkt man auch. Und manchmal trinkt man sogar, wenn es gezeugt wird.»

«Tja», sagte Herr Greifendorf nachdenklich und setzte den Löffel wieder ab, «das hört man ja immer wieder.»

«Aus dem Spruch Don't drink and drive wurde in Polen: Hast du getrunken, dann fahre nicht. Hast du nicht getrunken, dann trink.»

«Ach so.»

«Und wissen Sie eigentlich», haspelte ich, «warum der gleiche Wodka in Polen Zubrowka und in Deutschland Grasovka heißt?»

Herr Greifendorf schüttelte mit dem Kopf.

«Nein. Keine Ahnung», sagte er.

«Das liegt daran», fuhr ich fort, «weil man in Deutschland mit dem Wodka vor allem die Kiffer ansprechen will.»

«Ach ja?»

«Verstehen Sie», sprang mir Adam zur Seite, «Grasovka, wegen Gras.» Adam lachte künstlich auf.

«Also, ich persönlich rauche eigentlich nicht.» Herr Greifendorf griff wieder nach dem Löffel.

«Ach ja», sagte ich. «Herr Greifenberger! Wenn Sie in Polen Wodka bestellen, dann nehmen Sie auf gar keinen Fall den Wodka Chopin.»

«Genau», sagte Adam, «der ist nur was für Frauen.»

«Greifendorf», korrigierte mich der Kritiker, «vielen Dank für den Tipp. Aber jetzt wollen wir doch endlich mal schauen, was es mit diesem wunderbaren Bigos auf sich hat.»

Ich starrte auf die Tischdecke, während er von unserem Machwerk kostete.

«Köstlich», sagte der Kritiker, zog aber die Lippen zusammen. Es war deutlich zu sehen, dass er einen Würgereflex unterdrücken musste und mit größter Anstrengung zu lächeln versuchte. Er bemühte sich wirklich. «Schmeckt ausgezeichnet», wiederholte er und legte seinen Löffel neben den Teller.

«Übrigens müssen wir heute mit einer Legende aufräumen», sagte Adam. «Der Bigos ist gar kein polnisches Gericht. Zwar wird er in vielen polnischen Gaststätten angeboten, und es gibt Kochbücher, in denen er das einzige polnische Gericht ist. Ursprünglich kommt der Bigos aber aus Deutschland.»

«Stimmt», bekräftigte ich.

«Der Bigos war ein Geschenk der Deutschen. Allerdings ein gemeines und hinterhältiges Geschenk. Die deutschen Jäger haben ihn im sechzehnten Jahrhundert über die Weichsel gebracht. Sie wollten den Polen vormachen, wie man die Vitamine und alle gesunden Nährstoffe aus dem Gemüse kocht, um sie zu schwächen.»

«Ach so?» Herr Greifendorf hatte sich überwunden und einen zweiten und dritten Löffel genommen. «Wirklich sehr lecker», sagte er und sah uns lobend an wie zwei brave Schuljungen. «Wirklich sehr, sehr lecker. Ich wusste gar nicht, dass sich in der polnischen Küche solche Kostbarkeiten finden lassen. Für so was sind die meisten Deutschen natürlich zu ignorant.»

«Gießen, goss, gegossen», monologisierte Adam weiter, «lernt man im Deutschunterricht als Beispiel für die Zeitform eines unregelmäßigen Verbs. Oder begießen, begoss, begossen. Wahrscheinlich kam das so: Die deutschen Jäger waren lange unterwegs. Fleisch gab es damals ja nicht im Supermarkt. Also nahmen sie auf ihre Reisen unverderbliche Ware wie Sauerkraut mit. Jeden Abend wurde das Sauerkraut wieder aufgekocht. Dabei wurden erlegte Tiere sowie Wasser und Wein beigegeben. Beziehungsweise der Wein wurde beigegossen. So entstand der Name Beiguß, und man kam von Beiguß zu Beeguß und Biegoß. Und landete irgendwann beim Bigos. Das ist doch ein völlig logischer Weg! Oder findet ihr nicht? Wir essen also gerade in Wirklichkeit ein altes deutsches Gericht.»

Der Restaurantkritiker hatte Adam wohl zuerst gar nicht zugehört. So sehr musste er sich offenbar darauf konzentrieren, gute Miene zu dem ungenießbaren Essen zu machen. Aber jetzt war plötzlich der Groschen bei ihm gefallen.

«Wieso deutsch?», fragte er. «Hab ich das richtig verstanden? Das ist doch kein deutsches Gericht. Wieso ist das ein deutsches Gericht?»

«Ist halt so. Können wir doch nichts dafür.»

«Ja. Adam hat recht. Wussten Sie das etwa nicht?», bestätigte ich.

«Nein. Das wusste ich nicht. Natürlich nicht. Das ist ein deutsches Gericht? Stimmt das wirklich?»

«Ja», sagte ich, als verkündete ich einen Todesfall. «Es stimmt wirklich. Tut uns leid.»

Herr Greifendorf war einerseits konsterniert, andererseits aber auch sichtbar erleichtert. In seinem Kopf ging nun vermutlich Folgendes vor: Wenn der Bigos deutsch war, dann musste er ihn nicht mehr aus politischer Korrektheit heraus loben. Zu ausländischen und besonders zu den geschundenen polnischen Gerichten müssen Deutsche lieb sein. Über deutsche Gerichte dagegen dürfen sie sich aufregen, soviel sie wollten. Und wenn dieser Bigos in Wirklichkeit deutsch war, dann gab es für ihn keinen Grund mehr, davon auch nur noch einen einzigen Löffel zu essen.

«Soll ich euch was sagen?», rief er. «Dieser Bigos schmeckt zum Kotzen. Ehrlich. So etwas Scheußliches habe ich noch nie in meinem ganzen Leben gegessen. Dass ihr mir so was vorsetzt! Das ist das Ekelhafteste und das Letzte!»

Der Kritiker stand auf, pfefferte seine Serviette auf den Tisch und ging Richtung Flur. Dort zog er sich mit wütenden Bewegungen die Schuhe an und stapfte nach draußen. Die Tür schloss er allerdings leise.

Eine Weile standen wir stumm nebeneinander. Ich zog den Lothar Matthäus auf meiner Schürze zurecht. Adam lachte kurz auf, sah aber irgendwie traurig aus.

«Soll der Kritiker doch dahin gehen, wo die Hunde mit ihren Ärschen bellen», sagte ich. «Oder dahin, wo der Wind umkehrt.» Auf Polnisch sind das Synonyme für die deutsche Wendung *dahin, wo der Pfeffer wächst*, die im Polnischen zwar auch existiert, aber völlig veraltet klingt.

Ich nahm den großen Topf mit dem zerkochten Gemüse und goss den deutschen Bigos in die deutsche Bio-Mülltonne. Es roch fürchterlich.

«Das Essen ist uns nicht so richtig gelungen», grübelte ich laut.

«Komm», sagte Adam. «Wir essen eine Falafel.»

Polnische Schnurrbärte

In Polen kennt man eigentlich nur drei Deutsche. Einer davon war ein halber Österreicher, und einer sitzt heute im Vatikan. Und dann gibt es da noch Reinhold Messner. Der ist eigentlich Südtiroler, also deutschsprachiger Italiener.

Wenn wir das in Deutschland erzählen, dann glaubt man uns nicht. «Wieso Reinhold Messner? Der ist doch schon seit Ewigkeiten ein alter Hut. Nicht mal in Deutschland kennt man den noch.» Uns ist lange nicht aufgefallen, wie seltsam das ist. Wir dachten, in Deutschland wäre Reinhold Messner ein Superstar. Eine Ikone, auf einer Stufe neben Goethe und Schiller.

In Polen kennt ihn jedes Kind. Vielleicht hängt das damit zusammen, dass die Polen im Kommunismus ständig mit Lügen und Propaganda gefüttert wurden und deshalb eher bereit waren, an Märchen zu glauben. Viele hielten ihn für den leibhaftigen Yeti, den unheimlichen Schneemenschen. Es kursierten Bilder, in denen er so behaart war, dass man aus einer seiner Augenbrauen schon zwei Toupets für die kahlen polnischen Männer hätte anfertigen können.

In Zeitungen wurde behauptet, niemand könne mit Sicherheit sagen, ob wirklich Reinhold Messner oder nur der Yeti in dessen Gestalt vom Nanga Parbat zurückgekehrt sei. Es hieß, Messner sei eine Art Urgestalt des

Menschen, die sich jedoch unerklärlicherweise ganz leicht in der heutigen Zivilisation zurechtfinde. Wenn man über ihn sprach, nannte man nur noch das Kürzel RM. Manche verwechselten ihn deshalb mit R. E. M. In den Neunzigern konnte man sich im polnischen Fernsehen kaum vor Sendungen retten, die irgendwie mit RM zu tun hatten.

Aus dieser Zeit stammt auch der populäre Witz: Reinhold Messner hat behauptet, er habe einen Yeti gesehen. Doch der Yeti widersprach. Nun steht Aussage gegen Aussage.

Gerade in Frauenzeitschriften wurden oft Gespräche zwischen RM und dem Schneemenschen geschildert. Die waren meistens irgendwie romantisch oder herzerwärmend und gingen ungefähr so:

Yeti: Na, Reinhold?
RM: Sei mir gegrüßt.
Yeti: Kann ich was für dich tun?
RM: Nein, eigentlich nicht.
Yeti: Okay.
RM: Ist aber wirklich nett.
Yeti: Mensch Reinhold.
RM: Ist dir kalt?
Yeti: Ja.
RM: Na, komm her.
Sie umarmen sich.

Oft gab es auch die Rubrik: «Yeti fragt – RM antwortet» mit Fragen wie «Was machst du gegen Spliss?», «Wie viel Kilo hast du bei deiner Schnee-Diät abgenommen?» oder «Wirkt deine Feuchtigkeitscreme auch bei dreißig Grad minus?».

Wieso RM gerade in Polen so außerordentlich beliebt war, das lässt sich heute nur noch schwer sagen. Vielleicht hoffte man insgeheim, er werde auf dem Rysy in der Hohen Tatra einen polnischen Yeti finden, auch wenn die höchsten Berge Polens gemessen am Himalaja nur ein schaler Abklatsch sind und für RM keine Herausforderung dargestellt hätten.

Vielleicht liegt es aber auch an den Schnurrbärten. Messner war in Polen ein Star, als die Mehrheit der polnischen Männer noch einen Schnurrbart trug. Nach unten gezogen und dicht. Eben typisch wie der gute Lech Wałęsa. Doch je mehr westliche Filme die polnischen Männer sahen, desto peinlicher war vielen der Schnurrbart. Irgendwie kam er ihnen plötzlich rückständig vor. In Deutschland war der Schnäuzer schon lange out. Nur hartnäckige Traditionalisten wie Rudi Völler zelebrierten ihn in den Neunzigern noch, aber Völler taugte schon deshalb nicht als Vorbild, weil die polnischen Haare für einen Minipli nicht geeignet waren.

Trotzdem konnten sich nur wenige polnische Männer zu einer Rasur entschließen. Das Gefühl von Geborgenheit, welches ein dichter Schnurrbart vermitteln kann, wollten sie lieber nicht aufgeben. Außerdem fanden sie, dass ein Mann, der sich das Gesicht rasierte und eincremte, kein richtiger Mann mehr sein konnte.

Da kam Reinhold Messner gerade recht. Er oder der Yeti, der sich als Reinhold Messner ausgab, sah so ungepflegt und männlich aus, dass er alle Kriterien eines echten polnischen Mannes perfekt erfüllte. RM war die Symbiose von Westen und Männlichkeit. Er war der Marlboro-Schneemensch. Der West-Yeti. Der es drüben geschafft hatte und trotzdem haarig geblieben war.

Geht der Papst zum FKK?

PIOTR Eines der wenigen Dinge, die fast jeder über Polen weiß, ist: Die hatten mal einen Papst. Vor nicht allzu langer Zeit. Und der hieß Johannes Paul und war irgendwie ziemlich nett und menschlich und außerdem für die Demokratie. Schließlich hat er damals ja die Solidarność mitgegründet. Oder war das doch nur der Václav Havel allein? Oder war gar nicht Václav Havel der mit der Solidarność, sondern Lech Wałęsa? An diesem Punkt geht den meisten das Wissen schon aus.

Aber das ist auch nicht weiter schlimm.

So genau wollen das nämlich auch viele Polen nicht wissen. Hauptsache, die Polen haben die Demokratie erfunden und der polnische Papst war der beste und menschlichste von allen. Toleranz bedeutet für viele gläubige Polen heute vor allem eins: Sie akzeptieren auch den deutschen Papst Ratzinger. Jedenfalls ein bisschen.

Papst Johannes Paul war in Polen schon zu Lebzeiten so präsent wie die weichen Grashügel in Masuren oder wie die Plattenbauten in Lublin. Richtig schlimm wurde es aber, als er starb. Da fing er wirklich an, durch die Gegend zu spuken. Ehrlich gesagt: Mich stört der Papst nicht. Soll er doch in Rom sein Ding machen. Aber Adam lässt keine Gelegenheit aus, sich über die katholische Kirche aufzuregen. Und am liebsten ärgert er sich über den Papst.

Kurz vor dem Tod des polnischen Papstes stand der Club der polnischen Versager zum ersten Mal in einem polnischen Reiseführer. Die Auswirkungen waren sofort spürbar: Der erste Reisebus mit einem polnischen Kennzeichen stand vor der Tür.

Wir freuten uns. Endlich waren coole, junge, stylishe Polen gekommen, uns zu beglückwünschen! Berühmte Intellektuelle, die sich bei den polnischen Versagern bedanken wollten! Oder vielleicht nur eine neugierige Schulklasse, die sich über die polnische Kultur in Berlin informieren wollte?

Der Bus war knallrot und so groß, dass er von draußen das Licht im Clubraum verdunkelte. Wir liefen hinaus. Der Bus hatte mitten auf der Straße angehalten. Obwohl er erst seit ein paar Minuten dort stand, fingen bereits die ersten Autos an zu hupen.

Die Fahrertür öffnete sich, aber niemand stieg aus. Ich glaubte für einen Moment, dichten, grünen Nebel aus dem Bus heraus dampfen zu sehen. Es war, als wäre ein Ufo mit Außerirdischen direkt vor dem Club gelandet. An den Fenstern waren ausschließlich Gesichter von Senioren zu erkennen. Eine alte Dame winkte mir hinter der Scheibe zu, aber es war nicht klar, ob sie wirklich mich meinte. Vielleicht winkte sie schon seit Stunden. Seit der Abfahrt aus Polen.

Schließlich trat ein schwergewichtiger Mann mit Bart und Glatze aus dem Bus und kam auf uns zu.

«Seid ihr die Versager?», rief er in akzentfreiem Deutsch. Er war gebräunt wie ein Bademeister und trug weiße Schuhe zu seinem dunkelbraunen Anzug. «Ich bin jedenfalls der Manfred. Ich bin der Chauffeur für die ganze Meute. Und ich sag euch gleich: Ich versteh kein Wort Polnisch.»

«Wollen die alle in den Club?» Ich überlegte, ob es im Vorratsraum noch genügend Kaffee gab. Der Busfahrer erinnerte mich an Meister Proper.

«Im Prinzip schon. Steht so im Reiseführer. War so angeboten. Sind aber nur Rentner im Bus, und ich glaub, die interessieren sich nicht so sehr für so'n Zeug. Ihr seid doch eigentlich 'ne Berliner Institution. Oder irr ich mich da?»

«Nein. Sind wir. Wollen Sie Kaffee?»

«Ja, also, ich glaube, ich nehme einen.» Manfred zeigte auf den Bus. «Die werden wohl nicht mehr rauskommen. Ist denen zu beschwerlich.»

«Sind sie nicht extra wegen dem Club gekommen?», fragte Adam. «Wollen die Herrschaften denn nicht die polnischen Versager kennenlernen?»

«Ich glaube, kaum.» Manfred zündete sich eine Zigarette an. «Wir sind in Berlin nur auf Zwischenstation. Unser eigentliches Ziel ist der Vatikan. Ich denke mal, die Herrschaften wollen sich den alten Herrn noch mal ansehen, bevor er, sag ich jetzt mal, abnibbelt, oder so.»

«Ist der Papst etwa krank?», fragte ich ehrlich interessiert.

«Kriegt ihr denn gar nichts mit?»

Wir bekamen zwar einiges mit. Aber in Kirchensachen waren wir meistens kolossal schlecht informiert. Zwar hatten wir ein paar Wochen vorher bei der Leutnant-Show den Vorschlag in den Raum gestellt, der Vatikan solle im nächsten Jahr beim Eurovision Song Contest teilnehmen. Denn dazu braucht man nur eine einfache Melodie, einen volksnahen Text und einen simplen Rhythmus – und darin hat die Kirche in den letzten neunhundert Jahren ja tüchtig Erfahrung gesammelt. Mit den SMS-Stimmen braver Rentner könnte die katholische Kirche alle Jahre wieder den Wettbewerb gewinnen.

Doch von der Krankheit des Papstes hatten wir überhaupt nichts gehört. In Polen wurde Johannes Paul als übermächtige, kraftvolle Lichtgestalt dargestellt, schon deshalb erschien es uns unmöglich, dass ihm etwas zustoßen könnte. Die Frömmigkeit vieler Polen kann man sich in Deutschland überhaupt nicht vorstellen. In Polen ist der katholische Glaube eine sehr körperliche und emotionale Angelegenheit. Es geht nicht nur um ein rationales Bekenntnis. In Polen ist es ganz normal, während der Messe ein paar Tränen zu vergießen – und das liegt keineswegs nur an den beißenden Weihrauchdämpfen. Viele fühlen sich schon durch den Gedanken an Gott schrecklich gerührt, und wenn sie dann auch noch an den gütigen, großen Papst Wojtyła denken, können sie sich schon nicht mehr beherrschen. Die jährliche Gesamtmenge an in der Kirche vergossenen Tränen in Polen und Deutschland steht wahrscheinlich im Verhältnis einer wahren Sintflut zu ein paar kümmerlichen Regentropfen.

Dementsprechend schockiert reagiert man in Polen, wenn jemand es wagt, sich über den Papst lustig zu machen. Als wir einmal auf unserer Webseite scherzhaft ankündigten, neben den bekannten russischen Marken *Putin, Jelzin* und *Puschkin* solle bald auch ein Wodka mit dem Namen *Wojtyła* zu Ehren des polnischen Papstes auf den deutschen Markt kommen, erhielten wir innerhalb von ein paar Tagen über fünfzig empörte und teilweise beleidigende E-Mails.

Der gesundheitliche Zustand des Papstes hatte sich in den letzten Tagen immer weiter verschlechtert. Manfred brachte uns in wenigen Worten auf den Stand der Dinge.

«Also ganz ehrlich», sagte er und sog einmal kräftig an seiner Zigarette, «ich glaube, der macht's nicht mehr lange.»

Zu behaupten, ich hätte in diesem Augenblick Trauer oder Bestürzung empfunden, wäre stark übertrieben. Mir lief auch keine Träne über die Wange. Doch ein wenig nahm mich diese Nachricht schon mit. Der polnische Papst hatte uns immerhin lange begleitet wie eine immer wiederkehrende, nicht unterzukriegende Filmfigur. Es war, als hätten wir plötzlich erfahren, dass nun der endgültig letzte Film mit dieser Figur gedreht werden sollte.

«Ist das nicht einfach Altersschwäche?», fragte Adam. «Der Mann ist doch schon über achtzig. Irgendwann muss man ja damit rechnen, selbst wenn man einen direkten Draht nach ganz oben hat.»

«Jungs, macht euch keine Illusionen. Ich sag's euch ganz ehrlich: Wenn ihr den Papst noch mal sehen wollt, dann müsst ihr jetzt bei uns mitfahren. Wir hätten noch zwei Plätze frei. Zwei Damen sind nämlich kurz vorher gestorben.»

Ich sah Adam an. Die nächsten paar Tage hatten wir beide Zeit. Und ich pflegte seit geraumer Zeit die Lebensphilosophie: Wenn du dich zwischen zwei Dingen nicht entscheiden kannst, dann entscheide dich für das Dümmste. Es gab keinen Zweifel – dass aus mir jetzt plötzlich noch mal ein Vatikanpilger werden sollte, das war definitiv ziemlich dumm.

Manfred hielt uns die Hand hin. «Wisst ihr, was? Von mir aus könnt ihr kostenlos mit. Ihr dürft mir nur die alten Leute nicht vergraulen. Keine antiklerikalen Reden und so, wenn ihr versteht, was ich meine.»

Adam nickte. Wir schlugen ein.

Jeder von uns schnappte sich schnell noch ein T-Shirt und eine Zahnbürste, dann stiegen wir ein.

Der Bus war tatsächlich rappelvoll. Der Altersdurchschnitt betrug zirka siebzig Jahre, und die meisten der Pilger waren Frauen. Alle waren begeistert, dass nun noch zwei junge Männer als Begleitung hinzukamen; umgekehrt erweckten die Rentner in uns ein Gefühl von Geborgenheit und Vertrauen.

Neben dem Fahrer Manfred saß einer der wenigen Männer. Es war Jurek, ein schwarz gekleideter Pater von etwa fünfzig Jahren. Jurek war klein und hatte einen zusammengekniffenen Gesichtsausdruck. Seine Stimme klingelte jedoch so hoch wie die Glöckchen der Marienkirche in Krakau. Wie sich herausstellte, war Jurek für die religiöse Erbauung während der Fahrt zuständig. Es war nicht leicht, ihn über das Mikrophon zu verstehen. Hauptsächlich handelten seine Reden von Johannes Paul.

«Dieser Papst hat nicht nur für die Menschheit unendlich viel geleistet, er hat auch die Polen aus ihrer dunkelsten Zeit, dem Kommunismus, geführt», sagte Jurek zum Beispiel. «Wir haben Johannes Paul unendlich viel zu verdanken.»

Ich ließ die Reden über mich ergehen. Schließlich fuhr ich gerne ein paar Kilometer mit dem Bus. Bereits am nächsten Morgen würden wir in Italien sein.

Hinter uns saßen zwei Damen, die mit jedem Kilometer, den sie dem Papst näher kamen, nervöser wurden. Sie führten sich auf wie zwei pubertierende Mädchen auf dem Weg zu einem Konzert von Justin Bieber. Vor allem für ältere Frauen in Polen bedeutet fromm sein: jemanden anhimmeln. Einen Star haben. Fan sein. Deshalb ist auch die Fernsehpredigt viel wichtiger als in Deutschland. Man betet zu Hause und begeistert sich gleichzeitig für den Priester, den man im Fernsehen sieht.

«Johannes Paul ist so ein herrlicher Mensch», sagte die Dame am Fenster.

«Und er hat eine so herrliche Seele», rief die Dame am Gang. «Hoffentlich ist ihm noch eine lange und friedliche Zeit auf unserem Planeten vergönnt. Schön, dass sich auch noch die jungen Menschen für ihn interessieren. Im Geist ist auch Johannes Paul noch ganz jung.»

«Wir haben erst jetzt erfahren, dass unser Papst krank ist», mischte sich Adam ein. «Da konnten wir einfach nicht anders, als ihn noch ein letztes Mal zu sehen.»

«Haben Sie ihn denn vorher schon einmal gesehen? Hatten Sie diese große Ehre?», fragte die Dame am Fenster voller Erregung.

«Ja, sagte Adam, «ich glaube, das war einmal an der Ostsee, es war, ja, jetzt erinnere ich mich, am FKK-Strand ...»

«Wie bitte? Ich habe Sie nicht richtig verstanden.»

«Er meint», fuhr ich dazwischen, «an der Ostsee hat er über den Papst etwas gelesen. Über sein großartiges Engagement bei der Solidarność.»

«Ach so, ja natürlich. Daran denke ich jeden Tag. Er hat ja so unendlich viel für unser großes Land getan. Er ist ein so gütiger Mensch.»

«Ja», erwiderte Adam in träumerischem Tonfall.

Ich drohte ihm mit dem Finger. «Wir wollten hier doch niemanden vergraulen», raunte ich ihm zu. «Wann kommt man schon mal kostenlos nach Rom?»

Die nächsten Stunden sah Adam glücklicherweise nach

draußen, während der Bus Richtung Süden fuhr. Seine Bemerkung war nicht einfach nur eine Respektlosigkeit dem Papst gegenüber gewesen, sie berührte das sehr spezielle Verhältnis der Polen zur Nacktheit.

Nacktheit ist in Polen nämlich überhaupt nicht selbstverständlich. Es gibt eigentlich niemanden, der so sorglos wie an den ostdeutschen Stränden FKK betreibt. Und das haben wir der katholischen Kirche zu verdanken. Denn dass sie jegliche Freizügigkeit strikt verbietet, macht den nackten Körper für viele Polen erst so richtig interessant: Nacktheit existiert in Polen ausschließlich im sexuellen Kontext. Natürliche, langweilige Nacktheit ohne sexuellen Unterton gibt es in Polen nicht. Für die Polen ist sie also viel aufregender als für die Deutschen.

Generell ist Sexualität in der polnischen Gesellschaft ein großes Tabu. Das bedeutet: Untergründig ist die Atmosphäre permanent sexualisiert. Sexuelle Anspielungen sind überall an der Tagesordnung. Will jemand zum Beispiel an einer Tankstelle mit Karte bezahlen, dann kann sich ohne weiteres folgender Dialog entwickeln, ohne dass sich jemand geniert oder beleidigt ist:

Kassiererin: «Bitte stecken Sie die Karte tief herein!»

Kunde: «Aber gnädige Frau, ich stecke immer alles tief herein!»

Kassiererin: «Oh, das freut mich! Bitte noch etwas tiefer!»

In München hielten wir einmal kurz vor einer großen Kirche an, fuhren aber nach einer knappen Stunde schon wieder weiter. Während es draußen dunkel wurde, dachte ich nicht mehr an den Papst, sondern an den polnischen Teufel. Eigentlich, fiel mir auf, ist der Teufel viel interessanter als der Papst. Und zwischen dem polnischen und dem deutschen Teufel gibt es außerdem große Unterschiede. Während der polnische Teufel eher einem Tollpatsch und Dorftölpel gleicht und damit auch die Züge eines Versagers aufweist, ist der deutsche Teufel eher in einer schicken Uniform und als braver, korrekter Mitarbeiter eines größeren, aber insgesamt teuflischen Systems zu finden.

Irgendwo zwischen Österreich und Italien fielen mir die Augen zu. Als ich sie wieder aufschlug, war bereits die Sonne aufgegangen. Draußen war Italien. Kurz nach einer Tankstelle hielt der Bus bei einer Marienstatue. Fast alle Pilger stiegen aus, um an der Statue ein kleines Gebet zu sprechen. Adam stieg ebenfalls aus. Wahrscheinlich wollte er die Rentner weiter provozieren. Aber ich war zum Aussteigen zu müde.

«Das ist die heilige Johanna», sagte die Dame am Gang, als sie wieder eingestiegen war, «wir beten vor ihr, um uns reinzuwaschen für die Begegnung mit ihm.»

«Sie machen sich also hübsch für den Papst», murmelte Adam. Wieder warf ich ihm einen warnenden Blick zu.

«Ja, seelisch. Wir machen uns seelisch schön. Das stimmt. So kann man das sagen.»

Als wir schließlich vor dem Petersdom standen, lebte der Papst immer noch. Inzwischen wurde allerdings nicht nur täglich oder stündlich, sondern bereits nahezu in Echtzeit berichtet. Der ganze Vatikan war vollgestopft mit Reportern, Übertragungswagen und Schaulustigen. Viele Reporter berichteten live direkt vor dem Petersdom, hatten jedoch keine besonderen Neuigkeiten anzubieten. Deshalb rekapitulierten sie wieder und wieder das Leben des polnischen Papstes. Seine Heiligsprechungen und seine Verbindungen zu der polnischen Demokratie.

Es war nicht klar, ob der Petersdom für Besucher gesperrt war oder ob einfach nur zu viele Leute hineinwollten. Tausende Gläubige hatten sich versammelt und hofften darauf, den Papst noch einmal lebendig zu sehen. Es war unmöglich, sich durch die Masse der Leute zu quetschen. Die Dame vom Fenster und die Dame vom Gang – die beiden hießen Zuzanna und Oliwia, wie ich inzwischen herausbekommen hatte – waren beide nicht groß und verschwanden völlig unter den Leuten.

«Ich kann nichts erkennen», rief Zuzanna.

«Heiliger Vater, bitte zeig dich doch einmal für uns», rief Oliwia.

Unsere Reisegruppe wartete nahe des Doms in der Menge. Eine Hotelübernachtung war auf der Pilgerreise nicht vorgesehen. Geschlafen werden sollte wieder im Bus.

Überrascht stellte ich fest, dass die Menge der Papstfans keineswegs nur aus alten Leuten bestand. Der Altersdurchschnitt ähnelte eher dem bei einem Popkonzert.

Nach vielen Stunden, in denen man den Papst noch mehrfach für seine «wichtigen Beiträge zur Demokratie gelobt hatte», hieß es von offizieller Stelle, dem Heiligen Vater gehe es weiterhin schlecht. Man müsse sich allerdings keine Sorgen machen. Er sei «auf jeden Fall bei Bewusstsein», könne nur leider «momentan gerade nicht ans Fenster kommen».

Ich fühlte mich völlig erledigt. Die Reise war ein totaler Reinfall. Wieso sollte ich stundenlang neben dem Petersdom herumstehen? Den mitgereisten Senioren ging es jedoch ganz anders. In dem Mitleid, das sie für den kranken Papst empfanden, blühten sie förmlich auf. Auch als wir am Abend wieder aufbrachen, war keiner von ihnen missgelaunt oder ungehalten über den Verlauf der Reise. Es war, als hätte das Leid des Papstes den alten Damen wieder neues Leben eingehaucht.

«Habe ich doch immer gesagt», flüsterte Adam, «das Leid ist der Motor der polnischen Gesellschaft.»

Wahrscheinlich hatte er nicht ganz unrecht. Schließlich ist den Polen in ihrer Geschichte voller Teilungen und Überfälle durch Nachbarländer tatsächlich ziemlich viel Leid geschehen. Deshalb haben einige Polen eine masochistische Ader entwickelt und kosten ihr Leid aus wie einen süßen Honig. Friedhöfe gehören in Polen zu den beliebtesten Ausflugszielen, sie sind nicht nur leere Parkanlagen wie in Deutschland. An Allerheiligen ist es in Polen fast unmöglich, mit dem Auto in die Nähe eines Friedhofs zu gelangen, denn an diesem Tag verwandeln sich alle polnischen Friedhöfe in wahre Kerzenmeere, die besser besucht sind als jedes Open-Air-Konzert von Madonna.

Während wir zurück Richtung Norden fuhren, ließ Jurek die Radio-Berichterstattung aus Rom über die Bordlautsprecher laufen. Immer wieder kam die Versicherung: «Es geht dem Heiligen Vater gut.»

Dann aber – wir hielten gerade an einer Tankstelle zwischen Österreich und Italien – kam die Todesnachricht. Jurek stellte sich vor die versammelte Pilgermannschaft, schloss die Augen und schwieg. Nach mehr als zwei Minuten sagte er: «Es ist so weit. Er ist von uns gegangen. Lasst uns für ihn beten.»

Ich hatte noch nie so viele weinende Senioren auf einen Haufen gesehen. Die Klagelaute der alten Damen gingen nicht spurlos an mir vorbei.

«Wieso soll man traurig sein, dass der Papst gestorben ist?», raunte mir Adam zu. «Wenn es auf der Welt jemanden gibt, der ganz bestimmt in den Himmel kommt, dann ist das doch wohl der Papst. Müsste man sich also nicht eher freuen, dass Johannes Paul jetzt dort oben ist?»

«Vielleicht ist Gott auf seinen Vertreter besonders eifersüchtig und will ihn in die Hölle schicken», flüsterte ich, «aber sei lieber still. Mit trauernden Senioren ist nicht zu spaßen.»

«Nur schade, dass es in Polen nicht neunzig Prozent Buddhisten gibt. Immerhin ist die Wahrscheinlichkeit, dass in absehbarer Zeit noch einmal ein Pole zum Papst gewählt wird, äußerst gering. Da wäre schon die Wiedergeburt des Dalai-Lama in Polen wahrscheinlicher.»

Zu diesem Zeitpunkt wusste Adam natürlich noch nicht, dass dies genauso für die Deutschen galt. Schließlich würde Benedikt der erste deutsche Papst seit fast fünfhundert Jahren sein.

Ein paar Tage später war im Club wieder normaler Betrieb. Um genau 21:37 Uhr begann die Leutnant-Show. Wieso 21:37 Uhr? Weil sie schon seit vielen Jahren um 21:37 Uhr begann. Erstens konnte sich diese krumme Zeitangabe wie eine Werbemelodie im Kopf der Gäste verhaken. Außerdem erweckte sie den Eindruck von Dringlichkeit. Als würde auf die Minute genau etwas Wichtiges geschehen, das man auf gar keinen Fall verpassen durfte. Also kamen die Zuschauer in der Regel pünktlich.

Diesmal jedoch kam ein Grüppchen von jungen Polen und trampelte gleich mit den Füßen. «Stört diese Teufelsveranstaltung!», riefen sie. «Wie könnt ihr nur so pietätlos sein!»

Wieder mal waren wir schlecht informiert:

Der Papst war genau um 21:37 Uhr gestorben. Seitdem sind diese Zahlen in Polen heilig.

Karpfenmord an Weihnachten

PIOTR Ich stand vor der Fischauslage im Kaufhaus Wertheim. An meinem fünften Weihnachten in Deutschland wollte ich mich nicht lumpen lassen und die alten polnischen Traditionen zelebrieren. Ich wollte endlich meinen ersten Karpfen kaufen. Die Besorgung des Weihnachtskarpfens war früher die heilige und schwierige Aufgabe meines Vaters gewesen. Meistens hatte er sie irgendwie gelöst.

Ich beäugte die appetitlich hergerichteten Fischfilets in der langen Vitrine. Im Hintergrund plänkelte meditative Kaufmusik. Ein großer Seeteufel, der auf einem Berg von *crushed ice* lag, blickte mich mit geöffnetem Maul an. Hinter dem Seeteufel lagen die Tentakel eines Oktopus.

Vor einiger Zeit hatte ich erfahren, dass man in Deutschland am Heiligen Abend meistens Kartoffelsalat mit Wiener Würstchen aß. Und wenn etwas besonders selbstverständlich war, dann sagte man: «Das gehört dazu wie Kartoffelsalat zu Weihnachten.» Zunächst hielt ich das für einen Scherz und lachte herzlich. Dann war ich schockiert, obwohl ich nicht besonders katholisch bin. Kartoffelsalat! Am Heiligen Abend! Wie konnte das sein? Wer machte denn so was?

Für mich klang das ungefähr so, als ginge jemand mit

einer nach Mayonnaise duftenden Portion Currywurst-Pommes in einen katholischen Gottesdienst. Als würde man sich im Bierzelt auf dem Oktoberfest ein Glas Rotwein bestellen. Oder noch schlimmer: als würde man eine italienische Pizza mit Pommes belegen. Oder so ähnlich. Es kam mir jedenfalls vor wie ein Frevel.

Erst später sah ich im Kartoffelsalat ein Sinnbild für die reduzierte deutsche Feierbereitschaft. Immer wenn es richtig lustig wird, knallen die Deutschen eine große Metallschüssel mit Kartoffelsalat auf den Tisch und verderben die Stimmung. Aber nur den anderen.

Das Weihnachtsfest heißt in Polen *Wigilia* und ist wie fast überall recht kompliziert, unpraktisch, übertrieben und emotional. Es existieren Dutzende Regeln, das Fest verlangt wochenlange Vorbereitung. Dazu kommt jene unangenehme Mischung aus Anstrengung, blankliegenden Nerven und Peinlichkeit, die auch unter der Formulierung *ein schönes, gemeinsames Familienfest* bekannt ist.

Ich bin damit aufgewachsen, dass das Essen am Heiligen Abend die wichtigste Mahlzeit des Jahres ist. Das sagt allerdings nur wenig über deren kulinarische Qualität aus. Dafür aber umso mehr über die leeren Geschäfte und Geldbeutel Polens während des Sozialismus. Geschenke waren damals eher nebensächlich und nur selten spektakulär. Meistens bekam jeder in jedem Jahr wieder die gleichen Hausschuhe geschenkt. Wenn man Glück hatte, in einer anderen Farbe. Oder etwas Praktisches für den Haushalt wie zum Beispiel ein Sieb, ein Geschirrhandtuch oder einen Topflappen. Kein Wunder, dass sich alle viel mehr auf das Essen freuten.

Ich beugte mich zu dem Seeteufel hinunter und winkte

ihm mit einer Hand zu. Der Seeteufel reagierte nicht. Er war ja auch tot. Ich drohte ihm mit der geballten Faust.

Die Fischverkäuferin bediente derweil einen persisch aussehenden Mann, und auf ihren gekräuselten Lippen meinte ich einen nur schlecht kaschierten Ekel vor dem ausländischen Kunden zu erkennen. Ich hoffte, es werde mir gelingen, das Wort «Karpfen» möglichst akzentfrei über die Lippen zu bringen. Auch nach fünf Jahren bereitete es mir noch eine unerklärliche Pein, mich in der Öffentlichkeit als Pole zu erkennen zu geben. Es schien mir, als könnte mich sogar der tote Seeteufel sofort als Polen identifizieren.

Der polnischen Tradition zufolge muss es an Wigilia genau zwölf einzelne Gerichte geben. Wegen den zwölf Aposteln, heißt es. Aber wahrscheinlich soll der ganzen Prozedur dadurch nur ein christlicher Anstrich gegeben werden. In Wahrheit dürfte es darum gehen, die Polen auch an einem arbeitsfreien Tag noch auf die Probe zu stellen. Denn zwölf Gänge – das bedeutet für die polnische Küche eine ordentliche Herausforderung.

Doch das ist noch nicht alles, der Schwierigkeitsgrad wird sogar noch erhöht: Alle Gerichte müssen ohne Fleisch sein. Das ist für Polen besonders schwierig, da die Meinung vorherrscht: «Fleischlos ist nur das Dessert.» Und: «ein Gericht ohne Fleisch ist nur eine Beilage.» Paradoxerweise hielt man daran auch während des Sozialismus fest, obwohl es kaum jemals Fleisch zu kaufen gab.

Ebenfalls tabu für das Weihnachtsessen ist exotisches Gemüse. Beispielsweise Kartoffeln. Die sind ja erst vor relativ kurzer Zeit nach Europa gekommen. Vor knapp dreihundert Jahren. Auch der ultramoderne Broccoli ist verboten.

Die Gerichte sollen vor allem aus Getreide, Mohn, Honig und Pilzen bestehen. Für mich hört sich das mehr nach Leichenschmaus an. Wieso soll mit Honig und Pilzen die Geburt Christi symbolisiert werden? Es hat wohl etwas mit Erde, Natur und dem Honig der Heiligen Drei Könige zu tun. Vielleicht stehen Getreide und Pilze auch für den Wald und der Mohn für die vielen vor Glück leuchtenden Sterne. So genau weiß das wahrscheinlich niemand.

Hinzu kommt: Die ersten der zwölf Gerichte müssen auf jeden Fall Fisch enthalten. Viele polnische Familien wollen dabei kein Risiko eingehen und entscheiden sich zunächst für etwas mit Hering. Der ist einerseits einfach zu bekommen und schon fast essfertig. Andererseits lässt er sich auf mehrere Arten servieren: in Sahnesoße mit Meerrettich zum Beispiel oder mit Zwiebeln und Tomatenmark. Oder einfach nackt ohne alles. Das ist ein bisschen geschummelt, aber damit hat man schon fast drei Gerichte geschafft. Beziehungsweise drei Mahlzeiten mit einem Hering geschlagen.

Nun aber fangen die Probleme erst richtig an. Das nächste Gericht soll nämlich aus Karpfen bestehen. Karpfen! Der große Süßwasserfisch mit dem runden Bauch.

Meine Ehefrau hatte Anfang Dezember vorgeschlagen, es diesmal, wo wir ja bereits seit einiger Zeit in Deutschland lebten, vielleicht tatsächlich mit dem unkomplizierten Kartoffelsalat zu probieren. Um Toleranz gegenüber dem deutschen Essen zu beweisen.

Aber je näher die Festtage gerückt waren, desto häufiger hatte sie Grimassen gezogen und immer abfälliger vom «Kartoffelsalat» gesprochen. Plötzlich hieß es nur noch: «Dein Kartoffelsalat.» Und: «Wir machen ja dieses Jahr deinen tollen deutschen Kartoffelsalat.»

Das wollte ich nicht auf mir sitzenlassen. Karpfen konnte man schließlich auch in Deutschland essen, und womöglich hatte es die Karpfentradition irgendwann einmal auch in Deutschland gegeben. Vielleicht hatten die Nationalsozialisten den Karpfen verboten, weil ihnen Fische generell zu labberig und weich waren. Ein deutscher Soldat hat harte Zähne, und damit kaut er gefälligst Kartoffeln!

Jedenfalls war ich an diesem Vormittag mit kritischem Blick wie ein Sternekoch durch die Feinkostabteilung von Hertie gehastet, aber Karpfen war dort bereits ausverkauft gewesen. Bei Wertheim hatte ich den Karpfen zum Glück schon von weitem in der Vitrine liegen gesehen. Es war offenbar der letzte. Sofort hatte ich eine Verbindung zwischen mir und dem Karpfen gespürt. Aber irgendwie hätte ich auch gerne den Seeteufel gegessen. Mit seinen gefletschten Zähnen und den großen Augen schien mir so ein Raubfisch irgendwie besser zu Weihnachten zu passen.

Ich studierte die beiden Kunden, die noch vor mir dran waren, eine Frau in den Vierzigern und ein junger Mann. Die Frau war ungeschminkt und trug zu ihrem gelben Pullover einen lilafarbenen Schal; der junge Mann beugte sich über seinen Einkaufswagen und zog hörbar den Rotz in der Nase hoch. Ich folgerte messerscharf: Die beiden waren keine Polen. Eine polnische Frau hätte sich vor dem Einkaufen wahrscheinlich geschminkt und den Schal außerdem passend zu ihrem Pullover ausgesucht. Und ein polnischer Mann versuchte gewöhnlich nicht, durch Körpergeräusche die Aufmerksamkeit auf sich ziehen, denn die meisten Polen hatten ja Angst aufzufallen. Die beiden Kunden vor mir würden mir den Karpfen also nicht wegschnappen. Der Fisch würde mir nicht entwischen.

In sozialistischen Zeiten war es natürlich schwierig, einen frischgefangenen Karpfen zu bekommen. Zwar gab es in fast jeder größeren Stadt einen Fischladen, der vielleicht ein paar Dutzend Karpfen auf Lager hatte. Aber jedes Jahr war es ein anderer Laden. Selbst wenn man herausfand, welcher Laden im Vorjahr den Karpfen verkauft hatte, brachte einem das für das anstehende Fest nichts, man wurde sinnlos von Geschäft zu Geschäft weiterverwiesen. Nur mit Hilfe von ganz besonderen Kontakten in die ganz hohen Kreise schaffte man es, zur richtigen Zeit am richtigen Ort zu sein. Natürlich halfen auch Bestechung oder Androhung von roher Gewalt.

Am Ende gelang es auf wundersame Weise fast allen, einen Karpfen zu ergattern. Denn Weihnachten ohne Karpfen – das war einfach unvorstellbar. Doch wenn man voller Stolz den in Zeitungspapier gewickelten Fisch in den Händen hielt, dann waren die Probleme noch lange nicht vorbei. Woher sollte man zum Beispiel wissen, wie frisch er war? Wie oft aufgetaut und wieder eingefroren? Und wer konnte einem garantieren, dass man unter dem Ladentisch nicht doch mit einer aufgeblähten Forelle oder Makrele getäuscht worden war?

Es verwundert also nicht, dass sich viele Polen ihren Weihnachtskarpfen am liebsten selber angelten. Kurz vor Weihnachten konnte man Massen von unerfahrenen Weihnachtsanglern dabei beobachten, wie sie über den Brücken von kleinen Süßwasserseen standen und mit ihrer Angel kämpften. Einige glaubten sogar, den Karpfen nachts oder kurz vor Morgengrauen im flachen Wasser mit der bloßen Hand erwischen zu können.

Entweder lag es am Erfahrungsmangel oder an der zeitlichen Nähe zum christlichen Fest, aber viele Hobbyangler überkam Mitgefühl, sobald sie den Karpfen an ihrer Angel zappeln sahen. Sie brachten es einfach nicht fertig, ihn an der Hinterflosse zu packen und mit roher Gewalt auf dem Asphalt zu erschlagen. Manche sagten politisch unkorrekt: «Für so was bin ich nicht deutsch genug.» Deshalb landete der Karpfen meistens in einem Plastikeimer, wurde im Auto nach Hause chauffiert und zur Freude aller anwesenden Kinder in die Badewanne gegossen. Viele gaben dem Karpfen Namen wie *Jozef* oder *Kazimierz* und freuten sich über ihn viel mehr als über das bevorstehende Fest. Als kleiner Junge hatte ich vor der Badewanne gekniet, den Karpfen für seine großen Augen bewundert und ängstlich seine raue Haut befühlt.

Am Vorabend des Festes kam es oft zu einer Reihe von Tragödien. Denn irgendwie musste der Karpfen getötet werden. Vor allem pazifistisch veranlagte Polen konnten sich dazu nicht durchringen. Sie standen lange am Fenster, sahen in ihre Gärten und dachten über den Aufenthaltsort der *polnischen Seele* nach. Sie fragten sich, ob die *polnische Seele* der *russischen* an Melancholie und Tiefsinn überlegen war. Schließlich gaben sie dem Karpfen noch ein paar Stunden Badezeit. Dann zogen sie den Stöpsel heraus, um ihn «friedlich einschlafen» zu lassen. Leider hieß das: Der Karpfen musste qualvoll ersticken.

Manche waren sich auch sicher, dass der Karpfen eine eigene *polnische Seele* besitze, und wollten ihm die Freiheit zurückgeben. Kurz nach Heiligabend konnte man sie mit einem Eimer vor den Flüssen der Städte knien sehen. Sie waren Vorreiter des Free-Willy-Kults, ohne es zu wissen. Dem Karpfen hat das leider nur selten geholfen. In der giftigen Brühe wechselten die Fische ziemlich schnell ihre Farbe und drehten sich mit dem Bauch nach oben.

In anderen Familien durften die Kinder den Karpfen noch so lange streicheln, bis sie müde wurden. Dann schickte man sie ins Bett und rief den alten, im Krieg abgehärteten Opa herbei. Meistens hatte er dann schon einen stumpfen Gegenstand wie zum Beispiel einen Hammer oder, in besseren Kreisen, einen Kristallaschenbecher in der Hand, mit welchem er dem unglücklichen Patienten zu Leibe rückte, während zartbesaitete Familienmitglieder das Badezimmer verließen und ihr Gesicht mit den Händen bedeckten. An ihrem späteren Appetit auf den Karpfen änderte das aber erstaunlicherweise nur wenig. Über die Kriegserlebnisse mancher Großväter kursierten allerdings derart furchtbare Gerüchte, dass man ihnen unglaubliche Aggressionen zutraute und sie lieber nicht mit dem Karpfen allein ließ. Der Großvater sollte den schmackhaften Fisch schließlich nicht bis zur Ungenießbarkeit massakrieren.

Die Frage *Wie tötet ihr euren Karpfen?* war kurz vor der Weihnachtszeit ein beliebtes Thema der Konversation im Treppenhaus oder in der Bibliothek. Der Ausdruck *carpe diem* bekam in Bezug auf den Karpfen – auf Polnisch *Karp* – eine makabre Bedeutung, und einige Kinder hatten so viel von dem Süßwasserfisch reden hören, dass sie beim Religionsunterricht in der Schule voller Rührung behaupteten, in der Krippe zu Bethlehem habe damals der Heiland in Gestalt eines Karpfens gelegen.

Jede Familie entwickelte mit der Zeit eine eigene Methode, ihren Karpfen umzubringen. Je nach Bildungsstand und Kreativität benötigte man nur ein paar einfache Haushaltsutensilien wie ein stumpfes Messer, einen Flaschenöffner oder einen schweren Suppenlöffel, mit welchem man dem Fisch eins auf die Kiemen gab. Wer mehr auf sich hielt, der rückte dem Karpfen auf vornehmere Weise, zum Beispiel mit einem Bohrer aus einer Zahnarztpraxis, einem wertvollen Füllfederhalter aus dem Etui, einer Schusswaffe aus dem Keller oder einfach einer Handvoll Sprengstoff zu Leibe. Es bot sich auch an, das Tier mit einer seidenen Krawatte zu strangulieren oder es zwischen die Flügeltür einer mondänen Altbauwohnung zu klemmen, wobei man die Tür mit einem plötzlichen Schlag zuknallte.

Wer ganz besonders kultiviert war, kramte ein paar alte Werke der polnischen Nobelpreisträger für Literatur hervor und las dem armen Karpfen langsam daraus vor. Man konnte sicher sein, dass er spätestens nach ein paar Stunden an Langeweile zugrunde ging. Noch schneller wäre es wahrscheinlich mit deutschem Schlager gegangen, aber die waren in Polen damals wie heute unbekannt.

So schwer es auch war, den Karpfen zu töten: Noch schwerer war es, ihn richtig und schmackhaft zuzubereiten. Viele Hausfrauen scheiterten an dieser Aufgabe, aber nicht immer lag es an ihnen. Es war schließlich nicht ganz leicht, einen Fisch zu reinigen, zu filetieren und mit Pilzen zu füllen, auf den jemand kurz zuvor mit einem dreckigen Armeestiefel mehrfach eingetreten hatte. Oft war der gefolterte Karpfen auch aus purer Angst zäh geworden. Manche friedliebende Ehemänner hatten sich zudem absichtlich einen altersschwachen Karpfen besorgt, dem man mit Daumen und Zeigefinger sanft die Luft abdrücken konnte. Solche Exemplare schmeckten besonders nach Kalk und Mottenkugeln.

Der Karpfen war also auch kulinarisch ein heikles Thema. Zu Tisch konnte man sich deshalb bei der Hausfrau augenblicklich beliebt machen, wenn man sagte: «Der

Karpfen schmeckt überhaupt nicht nach Schlamm.» Dann antwortete sie: «Kein Wunder, ich habe ihn ja auch drei Tage lang in Mineralwasser gehalten.»

Manche Polen, aber davon gab es nicht viele, verweigerten sich dem Karpfen-Spektakel. Es waren diejenigen, die Karpfen nicht leiden konnten. Sie behaupteten, er sei als Weihnachtsessen überhaupt nur deshalb so wichtig geworden, weil die wahrhaft traditionellen Gerichte, die polnischen Gänse und Enten, schon lange an die gefräßigen und mit besserem Geld zahlenden Deutschen exportiert würden. In Deutschland schlage man sich den Bauch mit Gänsehälsen voll, während der Rest der Gans fast komplett im Mülleimer verschwinde. Und die hart arbeitenden, bescheidenen Polen müssten sich dafür mit schlammigen, selbstgefangenen Karpfen begnügen. Möglicherweise stimmte das wirklich. Oder es handelte sich wieder nur um eines jener Gerüchte, die das sozialistische Regime zu Propagandazwecken in die Welt setzte. Heute lässt sich das nicht mehr genauer nachprüfen. Verlässliche Daten über Karpfen, Enten, Gänse und deren Tötungen liegen fast gar nicht vor.

Fest steht jedenfalls: Am Tag vor Heiligabend bot sich noch einmal die Gelegenheit, die im vergangenen Jahr angestauten Aggressionen an einem hilflosen Tier zu entladen. Und dabei tat man sogar noch ein gutes Werk – man bereitete den Aposteln zuliebe ein Festessen vor. Angeblich planten polnische Politiker in den Achtzigern, als die Stimmung besonders schlecht war, das Land mit zwei oder drei weiteren *Feiertagen* im Jahr zu beglücken, an welchen unbedingt Karpfen verzehrt werden musste. So sollte das vorhandene Frustrations- und Aggressionspotenzial von der politischen Klasse auf den Karpfen umgelenkt werden.

Das Volk sollte lieber auf den Karpfen einprügeln als auf die Politiker.

Egal, wie man es letztendlich geschafft hatte, dem Karpfen beizukommen – das Festessen selber stand immer im Zeichen der Versöhnung. Wie heftig ich mich in den Wochen vor Heiligabend auch mit meinem Vater gestritten, welche Türen ich dabei geknallt hatte, welche schlimmen Beleidigungen gefallen und wie viele feindselige Blicke verschossen worden waren – beim weihnachtlichen Mahl versöhnten wir uns. Mein Vater stellte sich mit einer großen Oblate neben den gedeckten Tisch, brach ein Stück ab, umarmte mich fest, und alles war wieder in Ordnung.

Natürlich dauerte es oft keine vier Wochen, bis der nächste Streit aufkam, aber das spielte keine Rolle. Wichtig waren nur: die Oblate und das Verzeihen. Und natürlich: Jesus. Deshalb war es auch notwendig, einen zusätzlichen, leeren Teller auf den Tisch zu stellen. Falls ein unerwarteter hungriger Gast auftauchte oder ein armer Reisender. Oder falls sich der liebe Herr Jesus kurzfristig für einen Imbiss an genau diesem Tisch entschied.

Der leere Teller wurde zwar immer hingestellt, aber meistens sagte jemand: «Vielleicht schließen wir besser die Tür ab. Nicht, dass sich dann wirklich noch ein hungriger Bettler hierherverirrt. Das wollen wir doch nicht riskieren.»

Nach dem ganzen Ärger mit dem Karpfen bot das gemeinsame Essen kaum Aufregung. Zwar nahm man sich jedes Mal fest vor, der Tradition gemäß genau zwölf Gänge aufzutischen. Aber währenddessen wurde so viel Wodka getrunken, dass keiner mehr genau nachrechnete. Wenn man das zwischendurch servierte Brot mitzählte, dann war der Karpfen jedenfalls meistens der sechste Gang. Oft gab es dazu noch eine kleine Portion Karpfengelee, eine Art Sülze mit gegarten Karpfenstücken, und schon hatte man sieben Gänge geschafft. Danach kam, als etwa achter Gang, Rote-Bete-Suppe mit Steinpilzen, auch genannt: Barschtsch mit Öhrchen. Die Steinpilze wurden allerdings meistens durch Champignons ersetzt, weil Steinpilze zu teuer waren. Viele konnten Steinpilze sowieso nicht von anderen Pilzen unterscheiden und wollten keine Lebensmittelvergiftung riskieren.

Als neuntes Gericht wurden oft Klößchen mit Mohn serviert oder süßer Weizengrießbrei. Manche sprenkelten auf die Klößchen noch zweimal Honig und bezeichneten das als den zehnten Gang. Zu guter Letzt gab es noch eine Schüssel Kompott und schließlich getrocknete Früchte. Danach kamen nur noch die Geschenke, aber kaum jemand war nun noch in der Lage, sich darauf zu konzentrieren. Alle hatten zu sehr mit Verdauung und Schläfrigkeit zu kämpfen. Ein paar hyperaktive Familien besuchten trotzdem noch die Mitternachtsmesse.

Als ich im Wertheim an die Reihe kam, war der Karpfen noch da. Seitlich verdreht lag er neben dem Seeteufel auf dem *crushed ice.* In dieser Position sah er nicht gerade intelligent aus. Fast schien es, als würde der fiese Seeteufel den armen Karpfen verhöhnen.

«Ich nehme Karpfen, bitte», sagte ich und hatte das Gefühl, sofort als Pole erkannt zu werden.

«Gerne.»

«Ja, Karpfen.»

«Und, darf es sonst noch etwas sein?»

«Nein, Karpfen reicht.»

Die Verkäuferin hüllte den Karpfen in mehreren Schichten seidenes Papier ein, als sei der Fisch ein ganz besonders vornehmes Geschöpf. Ich war stolz. Schließlich brachte ich einen seriösen, ordnungsgemäß gefangenen und professionell getöteten Karpfen nach Hause.

Im Treppenhaus duftete es jedoch bereits nach geschmortem Gemüse und einem Fleisch, das ich nicht sofort identifizieren konnte.

Wanda kam mir entgegen.

«Weißt du, was?»

«Nein.» Ich wedelte mit dem eingewickelten Karpfen.

«Wir kochen doch etwas anderes. Zur Abwechslung. Ich finde: Hauptsache keinen Kartoffelsalat. So deutsch sind wir noch nicht. Aber auch keinen Fisch. Von diesem schmutzigen Karpfenzeugs ist mir eigentlich immer bloß schlecht geworden. Das schmeckt doch viel zu stark nach Schlamm. Ich habe uns eine Gans gekauft. Eine schöne saftige Gans.»

Ich wollte protestieren. Wegen der Mühe im Wertheim oder wegen der polnischen Tradition. Oder vielleicht auch nur, damit der gute Karpfen eine würdige Behandlung bekam. Aber in Wirklichkeit fühlte ich mich erleichtert. Ich wickelte den Karpfen aus dem roten Wertheim-Papier und legte ihn ohne weitere Vorkehrungen ins Gefrierfach.

«Können wir ja auch noch beim nächsten Mal essen.»

«Genau. Die Gans hat Vorrang.»

Es dauerte drei Jahre, bis ich den Karpfen wiedersah. Wanda hielt ihn mit einem Geschirrhandtuch an den Flossen fest und schwang ihn wie eine Waffe vor meinem Gesicht. Sie wollte mir wegen irgendeiner Streitigkeit drohen, ekelte sich jedoch sofort vor dem starrgefrorenen, übelriechenden Fisch und brach in Gelächter aus.

«Piotr», sagte sie, «stell dir vor, ich wollte dich wirklich mit einem Karpfen schlagen! Das kann doch nicht wahr sein!»

Ich war aus dem Zimmer gerannt und hielt die Hände zum Schutz über den Kopf.

«Mit dem Weihnachtskarpfen», sagte ich, «das passt doch ganz gut.»

Sie legte den Karpfen zurück ins Gefrierfach, und der Streit war vergessen.

Wieder zwei Jahre später nahm ich den Karpfen mit bloßen Händen heraus, roch kurz daran und musste gegen Brechreiz ankämpfen. Das steifgefrorene, braune Ding sah aus wie ein dicker Stock mit zwei hervorquellenden, milchigen Augen und erinnerte mich an Tod und Verzweiflung.

«Mein Gott», rief ich aus, «du bist ja immer noch da.»

Ich hielt den Fisch möglichst weit von mir weg, rannte durchs Treppenhaus nach unten und warf ihn in die Restmülltonne. Ungefähr noch eine Woche lang fürchtete ich mich beim Vorbeigehen vor dem aufgetauten, stinkenden Karpfenkadaver. Dann hatte ich ihn vergessen.

Podolski köpft gegen Pfosten

ADAM «Podolski, Polski, Popolski, Podolski!», schrie ich ins Mikrophon.

Ich stand auf einer kleinen Bühne, hinter mir flimmerte es auf der großen Leinwand. Der Club der polnischen Versager war brechend voll. Bei der Europameisterschaft 2008 war die Gruppenphase noch nicht vorbei, aber der Showdown lief bereits: Deutschland spielte gegen Polen. Wir zeigten die Fernsehübertragung in unseren Räumen, der Ton war allerdings abgedreht. Stattdessen kommentierte ich das Spiel.

Weil die Europameisterschaft in Österreich und der Schweiz stattfand, trug die Veranstaltung den Namen «Die Gastarbeiter zu Gast bei den Gastgebern». Bei der Dekoration hatten wir uns große Mühe gegeben. Es sah allerdings nicht danach aus. Statt einer polnischen oder deutschen Fahne hing neben der Leinwand ein altes Gemälde mit einem grinsenden blauen Hasenkopf. Ich hatte es vor Jahren für ein paar Euro auf dem Flohmarkt erstanden.

Im Raum war es heiß und stickig. Das Spiel lief seit etwa zwei Minuten.

«Liebe Fußballfreunde!», rief ich. «Ich denke, spätestens jetzt ist es an der Zeit, ein erstes Resümee zu ziehen.

Die deutsche Mannschaft hat zu viel Druck aufgebaut, und jetzt droht der Ball zu platzen. Der Ball muss unbedingt ausgetauscht werden! Ansonsten wird sich hier aber nicht mehr viel tun, das können wir jetzt schon sagen.»

Bislang war das Spiel allenfalls durchschnittlich. Der Ball plänkelte von einer Seite zur anderen; dazwischen berührte er ein paar Füße und Schienbeine. Keine der beiden Mannschaften hatte es bisher in den Strafraum der anderen geschafft.

«Aus Gründen der politischen Korrektheit wurde es der deutschen Mannschaft verboten, ohne Ankündigung oder zu schnell ins polnische Feld einzumarschieren.»

Die anwesenden Polen waren froh über die ironische Kommentierung. Auf diese Weise konnten sie so tun, als bedeute ihnen der Ausgang des Spiels nichts. Das war natürlich gelogen. In Wirklichkeit gab es kaum etwas, das ihnen so wichtig gewesen wäre wie ein Sieg gegen die Deutschen auf dem Fußballfeld. Alles andere war ihnen im Prinzip egal.

Allerdings standen die Aussichten ziemlich schlecht. Noch nie hatte die polnische Mannschaft bei einem offiziellen Spiel gegen die Deutschen gewinnen können. Ein nationales Trauma, das auch nicht dadurch gemildert wurde, dass Polen bei den Olympischen Spielen 1972 in München die Goldmedaille geholt hatten. Die Siebziger sind ja schon lange her, und die Olympischen Spiele waren im Fußball auch noch nie besonders wichtig. Die aktuelle Mannschaft war abgerockt wie ein Solo mit einem Synthesizer. Bei der letzten Weltmeisterschaft hatte sie nicht einmal die Qualifikation geschafft.

Der deutsche Trainer hatte sowohl Podolski als auch Klose aufgestellt, was von einem großen Medien-Brimborium begleitet worden war. Die beiden Spieler mit dem polnischen Hintergrund und den niedlichen Hundenamen. Poldi und Miro. Der große europäische Identitätskonflikt. Die endgültige Versöhnung oder Entzweiung der beiden Nachbarländer. Und so weiter. Die Geschichte eines ganzen Jahrhunderts sah man in den beiden jungen Männern verkörpert. Insbesondere Podolski reklamierten beide Nationen für sich. Die Deutschen nahmen ihn als Beispiel einer gelungenen Integration; die Polen wollten mit ihm auf jeden Fall auf der sicheren Seite sein: Auch wenn die deutsche Mannschaft mehr Tore schoss, hätte mit Podolski irgendwie doch auch Polen gewonnen. So jedenfalls die Theorie. Dabei hatte Podolski mit dem polnischen Fußball ungefähr so viel zu tun wie Roman Polanski heute mit dem polnischen Film: nichts.

«Der Schiedsrichter ist übrigens angewiesen worden, Gelbe und Rote Karten nicht hoch über den Kopf zu halten, sondern nur flach vor die Brust, damit die Geste auf keinen Fall nach einem Hitlergruß aussieht.»

Vor dem Spiel hatte es noch einen kleinen Presseaufruhr gegeben. Das polnische Boulevardblatt FAKT hatte eine Fotomontage mit Michael Ballack und dem polnischen Trainer Leo Beenhakker – einem Niederländer – veröffentlicht. Ballack trug darauf eine Pickelhaube und das Gewand der Deutschordensritter und kniete vor Beenhakker, der wie ein Ritter aussah. Mit irrem Gesichtsausdruck schwang Beenhakker sein Schwert in der Luft, um Ballack den Kopf abzuschlagen. Die Überschrift lautete: «Leo, wiederhole Grunewald!» Damit bezog sich die Zeitung auf einen zentralen polnischen Mythos: die angeblich glorreiche Schlacht bei Tannenberg gegen den Deutschen Orden im Jahr 1410. Noch weiter ging eine Montage im Sportteil der «Super Express»: Dort hielt Beenhakker die abgeschlagenen Köpfe von Joachim Löw und Ballack bereits in den Händen. Die Überschrift forderte diesmal: «Leo, bring uns ihre Köpfe!»

Da etwas Ähnliches in Deutschland nahezu undenkbar war, jedenfalls im Jahr 2008, hatte es in den deutschen Medien ein paar empörte Berichte über die Brutalität der Polen gegeben, auch aus dem Hause Springer. Paradoxerweise gehört FAKT selbst zum Springer-Konzern, was sie natürlich nicht daran hindert, gegen die Deutschen Stimmung zu machen. Wahrscheinlich kam es nur deshalb zu keinem richtigen Skandal, weil man in Deutschland wusste, wie unrealistisch die Forderung der Zeitungen war, und weil man ziemlich sicher sein konnte, am Ende als Sieger vom Platz zu gehen. Sollten die Verlierer doch kläffen, wie sie wollten.

«Die deutschen Spieler sind müde. Die gestrige Prüfung des genetischen Materials steht ihnen noch ins Gesicht geschrieben. Das ist doch ganz klar! Dabei stellte sich heraus, dass 29,3 Prozent der deutschen Spieler genetisch als Polen gelten können und nur 40,8 Prozent als Deutsche. Außerdem ist das genetische Material von zwei Ochsen über die ganze Mannschaft verteilt!»

Die Stimmung war angespannt. Die polnischen Zuschauer hofften auf ein Wunder und fürchteten sich gleichzeitig vor Peinlichkeiten wie einem frühen Tor der Deutschen, einem tölpelhaften Fehler der Polen oder gar einem Eigentor. Die wenigen Deutschen, die ihren Weg in den Club gefunden hatten, waren verunsichert und fingen an, sich erst für die Enge auf den Bänken, dann für die deutsche Fußballübermacht, dann für ihre mangelnden Polnisch-Kenntnisse und dann für alles Mögliche zu entschuldigen.

«Podolski läuft in die Tiefe des Raums, aber da ist niemand! Er läuft am Tor vorbei, springt über die Absperrungen, um auf den Rängen seine alten polnischen Verwandten und seine zweite polnische Familie zu begrüßen. Was viele nicht wissen: Lukas Podolski hatte früher den Mädchennamen Januzka. Was muss in diesem Polenkopf vorgehen? Welche zwei Schoner streiten auf seinem Schienbein?»

Piotr saß direkt vor mir in der ersten Reihe, obwohl er sich nur mäßig für Fußball interessierte. Neben ihm hatte sich Mareike niedergelassen, ein schüchternes deutsches Mädchen, das den Club seit einigen Jahren regelmäßig besuchte. Sie studierte Politikwissenschaften und behauptete, von der «Aura des Versagens» angezogen zu werden. Mehrfach hatte sie mir gebeichtet, wie «toll» sie es finde, dass jemand sich öffentlich zum Versagen bekennt. «Das hätte ich mich nie getraut» war einer ihrer häufigen Ausrufe. «Obwohl ich selbst so oft versage! Ihr seid so mutig!» Das sagte sie immer wieder, obwohl Piotr aus ihr herausgepresst hatte, dass sie kurz davor war, ihr Studium in der Regelzeit zu beenden, und auch bereits einen gutdotierten Job als wissenschaftliche Hilfskraft im Bundestag in Aussicht hatte.

Ich hatte mir einen Laserpointer besorgt, den ich auf die grüne Leinwand gerichtet hielt, ohne zu wissen, was ich da eigentlich zeigen wollte.

«Wir müssen den Veranstaltern dankbar sein, dass sie die Linien in diesem Jahr verbreitert haben, damit man sie besser sehen kann! Übrigens haben sich die Veranstalter in diesem Jahr entschieden, nur noch Tore aus recyceltem Aluminium zu verwenden. Toreschießen ist also ein umweltfreundliches Vergnügen!»

Das Spiel kam nicht so recht in die Gänge. Es schien,

als würden die Berührungsängste zwischen Deutschen und Polen auch auf dem Fußballfeld nicht verschwinden.

Dabei haben die deutsch-polnischen Fußballbeziehungen eine lange Tradition. Oder genauer gesagt: die Beziehung der deutschen Vereine zu eingewanderten polnischen Spielern.

Einer der deutschen Vereine mit der längsten polnischen Geschichte ist Borussia Dortmund. Er wurde Anfang des zwanzigsten Jahrhunderts praktisch nur gegründet, um polnische Stahlarbeiter und Bergleute besser in das Umfeld zu integrieren.

Damals gab es polnische Spieler, die ihren polnisch klingenden Namen in einen deutschen umwandeln ließen. Um in der Mannschaft nicht so sehr aufzufallen und wahrscheinlich auch, um den deutschen Fans den Jubel für sie zu erleichtern.

«Kowalski», ein in Polen sehr verbreiteter Nachname, wurde auf diese Weise zu «Schmidt». Später, als die Nationalsozialisten die Macht an sich rissen, traten viele als Schmidt assimilierte Polen, ohne zu zögern, in die Partei ein. Wenn man Schmidt hieß, dann musste man nichts befürchten. Kowalski, das waren die anderen.

Es gab einen Freistoß für Deutschland, und der Schiedsrichter dirigierte die polnischen Abwehrspieler. «Die Mauer muss weg!», legte ich ihm in den Mund. «Die Geschichte darf sich nicht wiederholen!»

Auch Schalke 04 war voller polnischer «Gastfußballer». So voll, dass er vor dem Ersten Weltkrieg als «Polackenverein» verschrien war. Als die Mannschaft 1934 Deutscher Meister wurde, schrieben die polnischen Zeitungen: «Die deutsche Meisterschaft ist in den Händen von Polen!» So einfach konnte Polen damals gewinnen.

«In diesem Jahr feiern einige neue Regeln der UEFA Premiere», behauptete ich. «Zum Beispiel zählen die Tore der Gastarbeiter in diesem Jahr nur die Hälfte, sofern sie noch die Staatsbürgerschaft ihres Heimatlandes besitzen. Lukas Podolski muss sich also für einen Punkt ziemlich anstrengen! Außerdem gilt das Recht, Tore zu schießen, ab sofort nur in Abhängigkeit von dem Wahlrecht. Spieler, die nur das kommunale Wahlrecht haben, dürfen den Ball also nur bis zum Strafraum des Gegners schießen. Die deutsche Bürokratie steht mit einem Bein im Tor des Gegners!»

Die polnischen Zuschauer lachten. Aber die Angst stand ihnen ins Gesicht geschrieben. Auf dem Spielfeld machte ihre Mannschaft nämlich keine gute Figur. Gerade hatte sie nur mit Mühe ein Tor für die Deutschen abwenden können. Podolski war in den Strafraum vorgerückt, zog den Ball dann aber ein paar Meter zu weit nach links.

Der deutsche Fußball wird in Polen aufmerksam verfolgt. Die Bundesliga gilt neben der harten englischen *Premier League* und der eleganten spanischen *Primera División* als solide und ordentlich. Eben das, was man unter deutsch versteht. Viele polnische Fußballfans interessieren sich mehr für die deutsche als für die polnische Liga.

Die erste polnische Liga heißt offiziell *Ekstraklasa* – also *Extraklasse*. Was so glaubwürdig klingt wie die Aufschrift *exquisit* und *Spitzenklasse* auf einem Discounter-Produkt. Der nationale polnische Pokal, das Gegenstück zum DFB-Pokal, hat fast jedes Jahr einen neuen Sponsor und wechselt daher auch fast ständig seinen Namen. In der letzten Saison hieß er zum Beispiel *T-Mobile-Pokal*. Vielleicht kommt als Nächstes der *Schiesser-Unterhosen-Pokal* oder der *Haftcreme-für-die-dritten-Zähne-Pokal*. Die Firma

Schiesser will angeblich mehr in Polen investieren, und die Zielgruppe der Senioren wird dort auch immer relevanter.

«Was pfeift denn der Schiedsrichter da?», rief ich ärgerlich. «Er hat doch eindeutig den Fuß gespielt!»

Unter den in Deutschland lebenden Polen gibt es zwei Typen von Fußballfans. Die einen legen Wert auf die polnische Tradition und Spieler mit polnisch klingendem Namen. Diese Gruppe interessiert sich vor allem für den BVB, Fortuna Düsseldorf oder Schalke. Ihre Helden sind zum Beispiel Robert Lewandowski und Jakub Blaszczykowski. Spieler, die noch über eine echte polnische Schüchternheit verfügen und in der polnischen Nationalmannschaft spielen. Und wer im Stadion von Fortuna Düsseldorf in einem Meer von rot-weißen Fahnen steht, kann sich fast vorkommen, als folge er gerade einem Spiel der polnischen Elf.

Die Herkunft der Spieler aus dem «richtigen» Teil Polens spielt dabei allerdings auch eine große Rolle. Miroslav Klose wird beispielsweise oft eher als Schlesier denn als Pole wahrgenommen. Manche bezeichnen ihn deshalb sogar abfällig als *Schlesacki*.

Die zweite Gruppe sind die Angepassten. Sie leugnen jede Vorliebe für polnische Spieler und wollen vor allem eins: möglichst oft jubeln können, weil der eigene Verein die Meisterschaft gewonnen hat. Konsequenterweise hat diese Gruppe eine Vorliebe für den FC Bayern München.

Das Publikum im Club bestand an diesem Tag vor allem aus der ersten Gruppe.

«Podolski hat sich die deutsche Staatsbürgerschaft übrigens mit einem Trick erschlichen», erklärte ich. «Er hat behauptet, so sauber wie er kann sich nur ein Deutscher rasieren. Und das hat man ihm tatsächlich geglaubt! Aber schaut ihn euch an, wie glattrasiert seine Waden sind. Das ist schon toll!»

Mareike fieberte mit der polnischen Mannschaft. Ihre Meinung war: «Ich kann nicht für Deutschland sein, ich bin doch nicht rechtsradikal!» Deshalb sah sie sich die meisten EM-Spiele gar nicht an. Mit der deutschen Mannschaft wollte sie nichts zu tun haben, mit den versagenden Polen konnte sie sich aber gut identifizieren. Wie die meisten polnischen Gäste hielt sie ein rot-weißes Fähnchen in der Hand.

«Für wen seid ihr denn jetzt eigentlich?», hörte ich Mareike Piotr fragen. Sie sah ihn an, als habe sie etwas besonders Philosophisches gesagt. «Irgendwie müsstet ihr doch für beide sein. Ihr seid doch jetzt Deutsche.»

«Ich komme nur her, weil mir langweilig ist», antwortete Piotr. Er nahm noch einen Schluck von seinem Tyskie.

«Ja, aber ihr seid doch irgendwie, also ich meine ...» Mareike befand sich in dem alten Dilemma. Sie sah uns zwar als Polen an, konnte das jedoch nicht deutlich sagen und wollte nicht den Eindruck erwecken, als Pole sei man in Deutschland bloß zu Gast. «Ihr seid doch irgendwie beides. Kommt ihr da nicht in einen Identitätskonflikt?»

«Ich mag Fußball eigentlich nicht», erwiderte Piotr. Er hatte während des Spiels sowieso mehr aus dem Fenster als auf die Leinwand gesehen.

«Das ist doch nicht einfach für euch als Polen, oder Deutsche, also ich meine ...»

Piotr hob abermals seine Flasche. Ich blickte zurück auf die Leinwand. Genau in diesem Moment geschah es: Die Deutschen schossen das erste Tor. Schon nach zwanzig

Minuten Spielzeit. Und nicht irgendein Deutscher hatte es geschossen, sondern niemand anders als Lukas Podolski.

«Oh nein», jammerte Mareike.

«Podolski, Podolski!» Ich war für einen Augenblick völlig aus der Fassung geraten. «Podolski rennt in den Strafraum und schießt! Podolski hat das erste Tor für die Deutschen geschossen! Es ist unglaublich! Das nennen wir einen extremen Fall von polnischer Assimilation!»

Im Club war es still geworden. Die anwesenden Polen spürten, dass es wahrscheinlich wieder nichts werden würde mit dem polnischen Triumph gegen Deutschland. Dabei hatte man sich das so schön ausgemalt. Wie die Deutschen gekränkt und mit verheulten Augen vor die Kameras treten und verkünden würden: «Wir haben uns angestrengt, aber die Polen waren einfach besser!»

Die Stimmung drohte bereits in Hoffnungslosigkeit umzukippen. Vereinzelt hörte man die Behauptung, Fußball sei eigentlich «sowieso nicht so wichtig».

«Die polnische Mannschaft», rief ich verzweifelt, «sollte jetzt alles auf eine Karte setzen. Auf eine Rote Karte für die Deutschen.»

Auf der Leinwand wurde das Tor mehrfach in Zeitlupe gezeigt. Podolski hatte möglicherweise im Abseits gestanden, auf dem Spielfeld war die virtuelle weiße Linie zu sehen. Es war eine knappe Entscheidung, wahrscheinlich waren sich auch die Fernsehkommentatoren nicht sicher. Im Publikum machte sich bereits Erleichterung breit. Für den Fall, dass man wieder verlieren würde, hatte man wenigstens eine Entschuldigung parat.

«Was man jetzt schon sagen kann», kommentierte ich zufrieden, «egal wie das Spiel ausgeht: Polen wird auf jeden Fall gewinnen.»

Immer wieder sah man Podolski in Großaufnahme direkt nach seinem Tor. Er jubelte nicht, sondern schien sich zu schämen. Es sah aus, als wollte er sich entschuldigen.

«Dieses Gesicht», schwärmte ich, «es ist ein Gemälde. In dieser Miene zeigt sich die ganze Tragweite, ja, die globale und universelle Tragweite von Nachbarschaft überhaupt. Liebe Zuschauer, sehen Sie in dieses Gesicht!»

«Hoffentlich schießt Polen noch ein Tor», sagte Mareike.

«Ist doch egal», erwiderte Piotr. «Podolski gehört auch zu Polen.»

«Aber...» Mareike schwenkte ihr Fähnchen und überlegte. «Der Podolski ist doch jetzt schon Deutscher, also dann kann er ja nicht für Polen sein, also ich meine ...»

Fünfzig Minuten später schoss Podolski das zweite Tor, und das blieb auch der Endstand.

Ein polnischer Politiker schlug nach dem Spiel vor, Podolski die polnische Staatsbürgerschaft abzuerkennen. Ob das nur ein Witz war, weiß man bis heute nicht.

Die Autobahn – eine deutsche Baustelle

Die deutsche Autobahn ist eine Paradoxie. Einerseits gehört sie zu den ganz wenigen Dingen aus dem Dritten Reich, die heute noch überwiegend positive Assoziationen wecken und noch genauso brauchbar und modern sind wie damals. Der Rest der nationalsozialistischen Bauwerke wurde entweder in Museen, Gedenkstätten und Galerien umgewandelt oder in die Luft gesprengt. Schon lange hat sich die öffentliche Architektur in Deutschland meilenweit von der nationalsozialistischen Zeit entfernt: Statt groß, klobig und monumental baut man nun gerne gläsern, transparent und vielschichtig.

Nur das architektonische Konzept der Autobahn hat sich über die Jahre fast gar nicht weiterentwickelt. Der verwendete Asphalt ist heute allenfalls ein bisschen umweltfreundlicher oder robuster, die Straßen sind eine Spur breiter, die Schilder reflektieren ein bisschen heller, und an manchen Stellen fließt das Regenwasser ein bisschen besser ab. Außerdem wird jetzt überall vor den scharfen Kurven gewarnt. Aber das war's auch schon mit dem Fortschritt der Autobahn. Das Grundkonzept ist immer noch das alte: auf glatter Fahrbahn ohne Ampeln möglichst schnell irgendwohin fahren können, ohne sich dabei von irgendwem blöd reinreden zu lassen.

Bis nach China und Amerika ist das Konzept der Autobahn oft viel bekannter als der jeweilige Bundeskanzler und weckt auch größere Begeisterung. *Die Ohdobahn? Yeah!* Fast jeder erwachsene Mensch auf dem Globus beneidet die Deutschen darum, ohne Geschwindigkeitsbegrenzungen durch die Landschaft rasen zu dürfen. Jeder erwachsene Mensch, versteht sich, der noch nie in einen Verkehrsunfall verwickelt war.

Die Autobahn ist also im Prinzip eine originale deutsche Erfolgsgeschichte. Eine Legende. Die Deutschen lieben ihre Autobahn. Für viele ist die freie Fahrt von der Arbeit nach Hause der letzte Genuss, den einem keiner nehmen kann.

Nur, und das ist das Paradoxe, so richtig sagen darf man das nicht. Jeder Politiker, der einen Satz wie «Aber die Autobahn war doch eigentlich gar nicht so schlecht» äußert, kann seine Karriere entweder an den Nagel hängen oder sich gleich bei der NPD bewerben. Und zwar auch dann, wenn er gar nichts über das Dritte Reich sagen wollte. «Autobahn» und «Adolf», das sind in Deutschland schon fast Synonyme.

Sogar wir haben wegen der Autobahn schon böse Blicke abbekommen. So wollten wir uns anfangs besonders in linksliberalen Kreisen beliebt machen und hielten es für eine gute Idee, die Deutschen irgendwie zu loben. Als Erstes fiel uns die Autobahn ein. «Das Tollste in Deutschland ist die Autobahn», riefen wir. «Man kann ja über Hitler sagen, was man will, aber die Autobahn hat er wirklich ...» Sofort war es still im Raum; man konnte deutlich hören, wie einer von uns sich am Kopf kratzte. «Also im Allgemeinen ... Also insgesamt ist die Autobahn schon okay ... Natürlich nicht überall ... Auf keinen Fall dort, wo die NPD ...» Nur wegen unseres polnischen Akzents wurde uns noch mal verziehen.

Die Autobahnen sind in Deutschland wie der Weg zur Toilette: lebensnotwendig, aber gleichzeitig ein Tabu. Die Investition in Autobahnen hauchte den neuen Bundesländern kurz nach der Wende wieder Leben ein. Nicht nur die Autoindustrie ist deshalb der Meinung: ohne Autobahn keine Zivilisation. So verwundert es auch nicht, dass das Max-Planck-Institut den Planeten Mars als Erstes nach Autobahnen absuchte. Autobahnen sind schließlich der Beweis für die Existenz von intelligentem Leben.

In Polen gab es bis vor ein paar Jahren noch keine einzige Autobahn. Beziehungsweise: Es gab zwar eine, zwischen Schlesien und Vorpommern, aber die wurde fast gar nicht benutzt. Was soll man auch auf einer Autobahn, wenn man als Höchstgeschwindigkeit mit dem Polski Fiat gerade mal 60 km/h schafft? Auf der Landstraße kann man sich außerdem viel besser mit denx anderen Verkehrsteilnehmern unterhalten. In Polen sind die Straßen nämlich weniger dazu da, sich effizient fortzubewegen. Sie schaffen vor allem ein Gemeinschaftsgefühl. Knietiefe Schlaglöcher und auf der Kreuzung liegengebliebene Fahrzeuge sind leidvolle Erfahrungen, die Menschen zusammenschweißen.

Nirgendwo lassen sich besser Bekanntschaften schließen als auf der polnischen Straße. Noch Anfang der Neunziger war es in Polen gängige Praxis, per Anhalter zu fahren. Gegen einen geringen, eher symbolischen Geldbetrag konnte man eine spezielle Plakette mit der Aufschrift «AUTO-STOP» erwerben, die man sich wie eine Busfahrkarte vor die Brust hielt und den Autos entgegenwedelte. Mit der Plakette verpflichtete man sich, ein paar grundsätzliche Regeln der Höflichkeit einzuhalten; außerdem bekam man mit ihr auf vielen polnischen Bauernhöfen umsonst ein Quartier. «AUTO-STOP» wurde zu einer richtigen Bewegung: Tourismus im eigenen Land und umsonst. Manche legten auf diese Weise in zwei Monaten über zehntausend Kilometer zurück, ohne einmal die Grenze zu überqueren. Obwohl Polen nirgends breiter ist als gerade mal sechshundert Kilometer.

Besonders in den Sommermonaten kam es an den Ausfahrtsstraßen zu volksfestartigen Szenen. Potenzielle Mitfahrer picknickten direkt am Straßenrand und blockierten den Verkehr. Wenn jemand anhielt und sich bereit erklärte, sie ein paar Kilometer mitzunehmen, waren sie oft so glücklich, dass sie sich unbedingt mit einem kleinen Schluck Wodka vor der Fahrt revanchieren wollten. Das endete meistens so: Der Fahrer trank Wodka, bis er kaum noch die Straße erkennen konnte, weshalb er nun selbst eine Mitfahrgelegenheit suchte, und so ging es immer weiter, bis der Straßengraben voll mit betrunkenen, singenden Menschen war. Auf diese Weise entstanden Bekanntschaften, Freundschaften und Ehen. Nicht selten wurde im Straßengraben sogar ein Kind gezeugt. Später hieß es natürlich, das Kind sei während einer romantischen Sommernacht hinter einer Düne am Strand entstanden. Die polnischen Landstraßen waren die Lebensadern einer ganzen Generation.

Als die Polen jedoch in die Europäische Union wollten und anfingen, sich mit den anderen europäischen Ländern zu messen, fiel ihnen unangenehm auf, dass man sie ohne Autobahnen nicht ernst nehmen würde. Mindestens zwei oder drei Autobahnen mussten her! Es kam die Stunde der Experten, selbsternannten Ingenieure und

Dummschwätzer. Monatelang diskutierte man über den bestmöglichen Verlauf der Autobahnen. Alle möglichen Routen wurden erwogen und auf den Landkarten eingezeichnet, bis bald überhaupt nichts mehr zu erkennen war. Ein paar größenwahnsinnige Ingenieure schlugen sogar vor, in Polen die erste europäische Autobahn auf dem Meer zu errichten. Aber niemand konnte sich entscheiden, ob sie in Dänemark, Schweden, Finnland oder Russland enden oder in der Form eines U wieder zurück nach Polen führen sollte.

Fast zwanzig Jahre lang kam man zu keinem Ergebnis, obwohl sich währenddessen die Anzahl der Autos versieben- und die der Lkws sogar verzehnfachte. Das gesamte Import- und Exportgeschäft zwischen Ost und West führte zwangsläufig über Polen, aber die Straßen waren noch aus den Achtzigern. Autofahren wurde immer gefährlicher. Die Zahl der Verkehrstoten schnellte in die Höhe. Oft waren die Spurrillen in den Landstraßen so tief, dass man sich darin verstecken konnte, jedenfalls wenn man den Bauch einzog. Aber das hatte auch einen Vorteil: Die Lkws kamen selbst dann nicht vom Weg ab, wenn der Fahrer schon lange eingeschlafen war.

Die polnische Autobahn wurde zu einem so wichtigen metaphysischen Begriff wie der Heilige Geist in der katholischen Kirche. Niemand hatte die Autobahn je gesehen, aber alle sprachen darüber, und niemand durfte abstreiten, dass die polnische Autobahn *prinzipiell* existierte. Gerüchte über bevorstehende Baumaßnahmen konnten ganze Landkreise in Aufregung versetzen. Bauern hofften auf horrende Entschädigungen, und die polnische Mafia kaufte vorsorglich Landstriche auf, um die Autobahn später als Schmuggelroute ohne Kontrollen nutzen zu können.

Doch die Gerüchte erwiesen sich immer wieder als unbegründet. Mit der polnischen Autobahn wollte es einfach nicht vorangehen. Ausländische Beobachter behaupteten, der langsame Planungsfortschritt hänge mit dem ausgiebigen polnischen Wodkakonsum während der Arbeitszeit zusammen. Aber das kann nicht sein. Damals durften nicht mal mehr Flugkapitäne während der Arbeitszeit trinken.

Andere meinten, es liege an der allgegenwärtigen Korruption. Aber auch das kann nicht stimmen, denn mehrere hochrangige Politiker gaben zu Protokoll: Sie seien niemals bestochen oder beeinflusst worden. Wie sie das Geld ausgeben würden, das habe ihnen schließlich völlig freigestanden.

Man hatte schon fast den Glauben an eine polnische Autobahn verloren, da kam es endlich zum Durchbruch: Gott gab der polnischen Nation die Fußball-EM.

Nach dem alten polnischen Motto *Zastaw sie, a postaw sie* (im Deutschen etwa: Zeige, wer du bist, auch wenn du dich dabei verschuldest) galt es nun, den polnischen Stolz zu wahren. Die Diskussionen wurden für beendet erklärt. Innerhalb weniger Jahre wurden vier Fußballstadien in die Höhe gezogen und über Hunderte von Kilometern mit Autobahnen verbunden. Natürlich alles auf Kredit. Die meisten Baufirmen gingen dabei zugrunde; unter anderem eine chinesische, die nicht wusste, wie groß Polen ist; sogar eine deutsche Firma warf das Handtuch. Angeblich, weil sie zu spät erfuhr, dass man keine Zwangsarbeiter beschäftigen durfte. Aber irgendwann wurde tatsächlich alles fertig, sogar zum vorgesehenen Termin, es gab nur ganz wenige Verspätungen. Man hatte sich zwar finanziell völlig verausgabt und keinen blassen Schimmer, was man mit den fertigen Stadien nach der EM eigentlich anfangen sollte. Aber man hatte das Großprojekt gestemmt.

Inzwischen gibt es begründete Zweifel, ob ein solches Vorhaben selbst in Deutschland rechtzeitig fertig geworden wäre. Die Elbphilharmonie und der neue Berliner Großflughafen in Schönefeld haben unseren Glauben an die deutsche Pünktlichkeit und Perfektion stark erschüttert. Inzwischen kommt es uns fast schon so vor, als seien die Deutschen die besseren polnischen Versager.

Wieso dauern die großen Bauprojekte in Deutschland eigentlich immer viel länger als geplant? Wir haben dazu eine Theorie: Die Arbeit ist für die Deutschen nicht nur eine Tugend. Sie ist ihnen heilig. Wer arbeitslos ist, muss dies regelmäßig dem Arbeitsamt beichten. Büßen muss er zum Beispiel mit zehn Bewerbungen und fünf verschiedenen Lebensläufen bis zum nächsten Termin. Fehlerhaft oder gar nicht zu arbeiten – in Deutschland ist das eine große Sünde.

In Polen weiß man jedoch schon lange, wie das mit den Sünden ist. Sie geben den Dingen erst ihren Reiz. Das Verbotene ist immer am verlockendsten. Nirgendwo kann einem Faulenzen während der Arbeit also einen solchen Kick verschaffen wie in Deutschland, dem Mutterland von Fleiß und Effizienz. Kein Wunder also, dass sich auf einer Baustelle mit mehreren tausend Beteiligten immer wieder einige diesem Rausch der Faulheit hingeben. Deshalb sollte man sich auch über die zunehmenden Geschwindigkeitsbegrenzungen auf den deutschen Autobahnen freuen. Ohne sie würde das Rasen ja überhaupt keinen Spaß mehr machen.

Die Fliesenleger von Versace

PIOTR Mit der Begründung, die deutsche Stabilität sei zwar schön und gut, aber sie könne einem auch Angst machen, war meine alte Bekannte Basia in Polen geblieben, als ich selbst das Land verließ. «Wie soll man das aushalten, wenn alles immer gleich bleibt?», hatte sie mich gefragt.

Wahrscheinlich spielte aber auch ihr Ehemann Radek bei der Entscheidung eine Rolle. Er kam zwar jeden Abend gleichermaßen betrunken und mit rotem Kopf nach Hause, stieß dabei aber jedes Mal einen Schwall von anderslautenden Schimpfwörtern aus, die Basia vermutlich nicht nur ein Gefühl von Veränderung und Dynamik gaben, sondern auch unmöglich ins Deutsche übersetzt werden konnten. Ich kann mich noch gut daran erinnern, wie ich Basia damals, kurz vor meiner Abreise, bedauert hatte. In ihrer kleinen Wohnung vor der alten Teekanne auf dem Sofa seufzend, der verzweifelte Blick in ihren grünen Augen, daneben der ständig mit offenem Mund schnarchende Radek, dem ein dünner Speichelfaden von der Unterlippe tropfte.

Ende der Neunziger traf ich Basia im Einkaufscenter am Ku'damm wieder. Ich war auf dem Weg zu Adam und schlecht gelaunt, was unter anderem mit dem Frühlingsanfang und der Tatsache zusammenhing, dass die jungen deutschen Frauen keineswegs so hässlich aussahen, wie in Polen gerne behauptet wurde. Seit ein paar Tagen sah ich überall nur nackte Beine und dünne Röcke und fühlte mich an die alte deutsch-polnische Grenze aus Stacheldraht erinnert, die den Blick auf ein Land freigab, in das man nur nach Bewältigung großer Schwierigkeiten einreisen konnte.

Zu meiner Überraschung sah Basia viel besser aus, als ich sie in Erinnerung hatte. Sie trug eine knallgrüne Daunenweste, und der blondierte Pony reichte ihr fast bis zu den gezupften Augenbrauen. An ihren Händen baumelten mehrere gutgefüllte Einkaufstaschen aus Markenboutiquen.

«Was ist los mit dir, Piotr?», fragte sie. «Läuft alles gut?»

«Na ja.» Ich gab mir Mühe zu lächeln.

«Schon richtig deutsch geworden?»

«Klar! Ich bemühe mich.»

«Wir müssen unbedingt mal einen Kaffee trinken!»

«Gerne.»

«Schön.»

Es stellte sich heraus: Basias Ehemann war kurz nach der Wende an Leberversagen gestorben, und sie besaß inzwischen drei frischrenovierte Einfamilienhäuser in der Umgebung von Lublin. Ein paar ihrer klitzekleinen Ersparnisse hatte sie ohne große Überlegung an der richtigen Stelle angelegt. Dadurch und mit ihrer pragmatischen Arbeitseinstellung hatte sie während des polnischen Aufschwungs beinahe ein Vermögen angehäuft.

Zum Einkaufen und zum Urlaub war sie nun mal eben nach Berlin gereist. Für ein paar Tage wohnte sie in einem «mittelgroßen» Zimmer im *Adlon*. Ich dagegen wohnte immer noch zur Miete und war gerade drauf und dran, zusammen mit Adam einen Auftrag als Fliesenleger auszuführen. Ich hatte in diesem Moment wenig Lust, mit Basia über mein Leben in Deutschland zu reden.

«Wir müssen mal telefonieren», sagte ich, ohne nach Basias Telefonnummer zu fragen.

Ein Herr *Bernbaum* oder *Hirnbaum* hatte einen Tag zuvor im Club angerufen und nach einem Fliesenleger gefragt, obwohl nirgendwo stand, dass der Club der polnischen Versager irgendetwas mit Fliesen, Fliesenlegern oder überhaupt irgendwelchen Handwerkern zu tun hatte. Vielleicht war sein Name auch *Kornbaum*, das hatte ich nicht so richtig verstanden.

Ich hätte wahrscheinlich sofort wieder aufgelegt, doch Adam, der meistens ans Telefon ging, war sofort neugierig.

«Einen Fliesenleger suchen Sie?», fragte er möglichst deutlich und schaltete die Freisprechanlage an.

«Ja genau», kam es vom anderen Ende, «hier bei uns im Bad und in der Küche müssen Fliesen neu verlegt werden, und zwar bitte so schnell wie möglich. Können Sie das?»

«Natürlich», rief Adam, «aber selbstverständlich. Wir sind vom Fach und stehen Ihnen gerne zu Diensten. Mit Kacheln kennen wir uns aus! Beim CPV, dem Club der polnischen Vliesenleger, sind Sie vollkommen richtig. Geben Sie mir die Adresse des Objekts. Morgen Nachmittag sind wir da.»

Rechtschreibung schien nicht zu Herrn *Hirnbaums* Stärken zu gehören, das war ein Vorteil. Aber leider hatte Adam keinen blassen Schimmer vom Fliesenlegen. Er kannte Fliesen nur angeklebt. Als die viereckigen Dinger an der Wand, die sich so praktisch abwischen lassen. Anders als ich hatte er sich nicht auf Baustellen durchgeschlagen. Und ich hatte mir schließlich schon vor langer Zeit geschworen, nie wieder als unterbezahlter polnischer Handwerker schwarz zu arbeiten.

Einen Moment lang wollte ich einfach so tun, als hätte das Gespräch niemals stattgefunden, und die Sache vergessen. Doch erstens konnte ich eine kleine Finanzspritze ganz gut gebrauchen – das galt auch für Adam. Und zweitens war meine Neugierde geweckt. Seit langem hatte ich den Verdacht, die gesamten Ostberliner Küchen und Bäder würden seit der Wende mit weißen Kacheln immobilienimperialistisch in die «totale Fliese» verwandelt. Diesem Phänomen stand ich zwar kritisch gegenüber, wollte es aber, wenn ich es schon nicht aufhalten konnte, wenigstens einmal aus der Nähe erleben.

Herr *Birnbaums* Wohnung, so hieß der Kunde wirklich, lag im Prenzlauer Berg. Altbau, dritter Stock. Alles darin war so sauber und weiß wie die Zähne von Herrn Birnbaum. Es war noch niemand eingezogen. Die Wände waren frisch tapeziert und gestrichen, der Laminatboden neu verlegt, und sogar der Stuck an den Decken sah so neu aus, wie er eigentlich gar nicht sein konnte. Wahrscheinlich war es nur Stuckimitat aus Plastik, und vielleicht galt das sogar für Herrn Birnbaums Zähne. Nur das Bad und die Küche warteten verzweifelt auf einen Kachelmann von der Weichsel.

Während meiner kurzen Karriere als Handwerker und Hausmädchen für alles hatte ich auch ein paar Bäder und Küchen neu gefliest. Jetzt meldete sich für einen Moment das alte Gefühl, ständig für alles bereitstehen zu müssen, in meinen Gliedmaßen zurück.

Herr Birnbaum musterte uns Polen. Wir waren ganz ohne Arbeitskleidung oder Werkzeug in seiner Wohnung aufgetaucht.

«Ich bin Harald, und ihr könnt mich ruhig duzen», sagte er.

«Aha», rief Adam und kniff wie ein Fachmann die Augen zusammen.

«Soso», sagte ich und stellte mich, ebenfalls fachmännisch, in die Küche.

«Sieht ja schön aus hier», sagte Adam.

Ich wies ihn auf Polnisch zurecht und sagte dann zu Herrn Birnbaum: «Sie müssen meinen Kollegen entschuldigen. Er kommt aus einfachen Verhältnissen.»

Wir waren so glaubwürdig wie zwei Kinder, die sich als Soldaten ausgegeben haben und nun darauf warten, dass erwachsene Menschen ihren Befehlen folgen, aber Harald Birnbaum ließ seine weißen Zähne in den Raum blitzen und schien keinen Verdacht zu schöpfen.

«Der Boden muss harrrt sein, dann ist die Fliese es auch!», sagte Adam mit seiner militärisch abgehackten Betonung.

«Was hier fehlt», bekräftigte ich, «das ist eine richtige deutsche Fliese!»

Ich überlegte kurz, ob sich Herr Birnbaum vielleicht für meinen brandneu entwickelten, *analogen* Laptop interessieren würde: einen flachen grauen Papierhefter mit losen Blättern, darauf der Abdruck eines angebissenen, faulen Apfels.

Dann unterhielten Adam und ich uns auf Polnisch über die letzte polnische Misswahl, während wir mal hier, mal dort mit einem Fingernagel an der Wand kratzten oder mit einem Fuß über den Boden schrammten. Von Misswahlen verstanden wir zwar ungefähr genauso wenig wie vom Fliesenlegen, aber das Thema war wenigstens interessant.

«Die aus Lublin mit den blonden Locken fand ich eigentlich gar nicht schlecht», sagte Adam.

«Du weißt nicht, was Schönheit ist», entgegnete ich.

«Eine polnische Frau muss zierlich und selbstbewusst sein.»

«Dann sähe sie ja aus wie du.»

«Die richtig guten Handwerker findet man nicht im Telefonbuch», sagte Herr Birnbaum, aber wir taten, als seien wir ganz in die Begutachtung von Wänden und Böden vertieft.

Dabei gab es für uns viel wichtigere Themen. Zum Beispiel die Frage, wieso die polnischen Frauen bei den deutschen Männern so viel besser ankamen als die polnischen Männer bei den deutschen Frauen.

«Deutsche Männer bevorzugen polnische Frauen», behauptete Adam, «weil die Polinnen im Bett so wenig reden. Sie können ja kein Deutsch. Dann stellen sie nach dem Sex keine Fragen.»

«Das klingt plausibel», sagte ich, «aber dann heißt es doch immer, die osteuropäischen Frauen seien alle so materialistisch. Interessieren sich nur für die Kreditkarte ihres Mannes. Dabei gilt das auch für die deutschen Frauen. Weil die polnischen Männer kein Geld haben, scheiden sie automatisch aus.»

«Als Liebhaber für zwischendurch aber nicht», wandte Adam ein. «Versager sein ist doch total attraktiv. Männer, die unter ständigem Erfolgsdruck stehen, wollen nur eine Frau, die sich absichtlich dumm stellt. Und permanent über deren Witze lacht. Obwohl die Männer überhaupt nicht lustig sind. Mit einem polnischen Versager dagegen, da kann die Frau so schlau sein, wie sie will! Bei einem Versager kann sie sich richtig ausleben!»

«Aha», machte ich. «Dann sind polnische Versager wohl auch die besseren Liebhaber?»

«Genau», sagte Adam. «Wir verstehen uns.» Dabei starrte er fachmännisch an die Wand.

Nach einer halben Stunde war die Vorstellung vorbei, und ich sagte endlich auf Deutsch: «Kommen wir also zum Preis.»

«Gut, wenn Sie meinen.» Herr Birnbaum räusperte sich nervös.

«Mit uns Polen», sagte ich, «können Sie ein tolles Schnäppchen machen. Wir machen gute Arbeit für schlechtes Geld.»

Wie die meisten Deutschen verstand auch Herr Birnbaum meinen Humor nicht. Er nickte bloß und schien sich zu freuen, zuckte jedoch zusammen, als Adam einen Preis nannte, der dermaßen absurd hoch lag, dass man dafür wahrscheinlich die halbe Prenzlauer Allee in eine «totale Fliese» hätte verwandeln können.

«Ah», sagte Herr Birnbaum. Er sah ziemlich verdutzt aus. «So teuer dann doch. Na ja. Ich werde mich dann bei Ihnen melden.»

Als wir polnischen Fliesen-Hochstapler aus dem sanierten Treppenhaus auf die Straße traten, dachte ich: Wenigstens ein Deutscher weniger, der glaubt, dass polnische Handwerker extragünstig zu haben sind.

Am nächsten Tag tat mir der Herr Birnbaum aber schon leid. Vielleicht, überlegte ich, hielt der Arme das Fliesenlegen nun für so unerschwinglich, dass er sich selbst daran versuchen wollte. Vielleicht hatte er aber auch einfach bei einer anderen Firma angerufen.

Sicher ist nur: Beim Club der polnischen Vliesenleger hat er sich nie wieder gemeldet.

Dafür wurde der Club noch viele Male mit einer Vermittlung für preiswerte Handwerker verwechselt. Kein Wunder, denn günstige polnische Handwerker kann man nur schwer in den gelben Seiten finden. Eine Rubrik unter «S» mit dem Titel «Schwarzarbeiter» gibt es dort natürlich nicht.

Oft wurde auch eine Ladung echter polnischer Wurst bestellt, oder jemand wollte eine rumpelnde «gutgelaunte» Polka-Band für den Geburtstag in seiner Privatwohnung buchen. Einmal rief sogar eine verzweifelte Polin an, die sich nach der polnischen Mafia erkundigte. Ihr reicher deutscher Ehemann hatte sie gegen eine jüngere Polin ausgetauscht und sich von ihr scheiden lassen. Sein ganzes Geld hatte er natürlich vorher in Sicherheit gebracht. Vor dem Scheidungsgericht war er als armer Mann aufgetreten. Jetzt blieb der frischgebackenen Exfrau nur noch der Gang zum Sozialamt. Die polnische Mafia war ihre letzte Hoffnung. Sie sollte ihr das Geld, das ihr zustand, mit allen Mitteln, «von mir aus auch mit Gewalt» besorgen. Vielleicht wollte sie ihren Ehemann auch gleich beseitigen lassen. Ich habe ziemlich schnell aufgelegt. Damals waren wir noch nicht so weit.

Zwei Tage nach dem Treffen mit Herrn Birnbaum hatte Adam Bürodienst. Das Telefon klingelte, und in der Leitung meldete sich eine Stimme mit starkem englischem Akzent.

«Hi, hören Sie, ich habe mir gestern eine Jacke und eine Hose von Versace gekauft. Die Jacke passt gut. Aber die Hose, die ist zu lang. Könnten Sie mir die vielleicht irgendwie zurechtschneiden? Etwas kürzer machen?»

«Aber, hören Sie ... Hier ist doch der Club der polnischen Versager.»

«Ja klar, ich dachte, der polnische Versace ist billiger.»

In diesem Moment kam ich herein. Ich sah noch, wie Adam eine Grimasse zog, auflegte und einen seiner üblichen Beruhigungsmärsche startete. Die macht er auch immer, wenn wir eine Meinungsverschiedenheit haben. Das bedeutet, er geht im Stechschritt dreimal vor dem Schreibtisch auf und ab und ruft währenddessen ein paar besonders hart klingende deutsche Wörter wie «Abzugsplan», «Schlachthof» oder «Wachtmeister» möglichst laut vor sich hin.

Anschließend ließ er sich auf den Stuhl fallen.

«Das ist das Problem», sagte er laut, «polnisch ist in Deutschland gleichbedeutend mit billig. Ein Pole ist also ein billiger Mensch. Den Polen kann man herumkommandieren.»

Adam schüttelte noch eine Zeitlang den Kopf, dann schrie er mich an: «Piotr, bring mir noch einen Wodka! Oder einen Kaffee mit Milch, oder irgendetwas, Hauptsache dalli!»

Was soll man sagen? Die Polen sind auch nicht besser. Ich zuckte die Schultern, trottete in die Küche und kochte noch einen Kaffee.

Plädoyer für eine Fernbeziehung

Seit vielen Jahren versuchen alle möglichen Institutionen, Vereine und Stiftungen dasselbe. Sie wollen Polen mit Deutschland verkuppeln. Aus der Freundschaft soll eine richtig stabile Beziehung werden. «Ihr kennt euch doch schon so lange», heißt es, «ihr seid euch doch eigentlich schon so nah», und: «Jetzt kommt sowieso niemand Neues mehr, da muss man halt nehmen, was da ist.»

So richtig hat das alles nicht geholfen. Bis zur Vereinigung und großer Liebe ist es noch weit, obwohl Deutsche und Polen schon mehr als einmal übereinander hergefallen sind. Beziehungsweise: Obwohl der eine den anderen schon ein paarmal erobert hat. Aber wie können sich zwei Länder überhaupt näherkommen? Wie soll das funktionieren?

Wir haben uns das mal genauer überlegt. Aus geologischer Perspektive gibt es genau drei Möglichkeiten.

Erstens: Durch die zarte Berührung eines sanften Flusses wie der Oder. Diese Form der Annäherung lässt sich mit den Versuchen von Schulkindern im Freibad vergleichen, unter Wasser miteinander zu sprechen. Das kann nur funktionieren, wenn man direkt ins Ohr des anderen schreit. Aber dazu ist die Oder zu breit. Bei einer dreißig Meter dicken Wand aus Wasser können kaum zärtliche Gefühle aufkommen. Um einen direkten Kontakt der beiden Länder zu ermöglichen, müsste man die Oder zuzuschütten. Zum Beispiel, indem man den Harz abträgt. Die unromantische Barriere aus Wasser wäre dann verschwunden. Aber der nächste Streit stünde schon an: Denn wem gehört dann eigentlich der neu entstandene Streifen Land?

Eine zweite Möglichkeit wäre die sogenannte Überlappung. Die tektonischen Platten aus Deutschland und Polen schieben sich übereinander. Wie zwei Liebende, die sich auf dem jeweils anderen abrollen und dabei Hitze erzeugen. Hitze und Zuneigung. Die weiche polnische Torfplatte trifft auf eine harte, deutsche Eisscholle, und so entsteht ein neues Land mit dem Namen Poschland oder Deutschpo. Wie bei den Liebenden taucht hierbei jedoch ein Problem auf. Einer muss oben liegen. Entweder wird Polen von Deutschland plattgedrückt. Das wurde schließlich schon einmal versucht. Gut ist es nicht ausgegangen. Oder Polen drückt umgekehrt Deutschland platt. Man muss kein Geschichtsprofessor sein, um zu erkennen: Die Überlappung von zwei Nationen hat sehr wenig mit freundschaftlicher Annäherung zu tun, und es ist ziemlich unwahrscheinlich, dass sich die Frage, wer nun eigentlich wen überlappen soll, durch eine demokratische Abstimmungen lösen ließe.

Bleibt also nur die dritte Variante der Annäherung: die Gebirgsbildung. Wenn sich zwei Erdplatten gegeneinanderschieben, dann entsteht meistens eine Bergkette. Die deutsch-polnische Freundschaft könnte sich also zu einem Gebirge auffalten. Neben der Oder entstünde ein riesiges, weitverzweigtes Massiv mit Bergen und Schluchten, an denen sich nicht nur Radfahrer, sondern auch ehrgeizige Bergsteiger messen könnten. Doch auch ein Bergmassiv verspricht noch keine immerwährende Freundschaft. Je höher die Berge sind, desto unheimlicher erscheinen sie schließlich von unten. Und wenn irgendein Deutscher mal wieder glaubt, er habe dort oben im Schnee den Yeti gesehen, dann heißt es bald wieder, das sei kein Yeti, sondern ein Pole gewesen. Die seien ebenso haarig und schmutzig.

Annäherung ist also nicht die richtige Lösung. Wir schlagen deshalb vor, die beiden Länder wieder voneinander zu entfernen. Zum Beispiel durch einen großen, unüberwindlichen Graben oder durch eine Überschwemmung der Oder. Wenn es nicht mehr so leicht ist, sich gegenseitig zu besuchen, dann kommt vielleicht wieder Sehnsucht auf. Polen muss für die Deutschen exotisch werden. Wie die Dominikanische Republik. Eine polnische Karibik.

Wir brauchen wieder Abstand voneinander. Und zwar mindestens dreitausend Kilometer! Erst dann ist Polen ein Land, von dem man in Deutschland träumen will.

MIX
Papier aus verantwortungsvollen Quellen
FSC® C083411

Das für dieses Buch verwendete FSC®-zertifizierte Papier *Lux Cream* liefert Stora Enso, Finnland.